莫西西的王冠

刘玉明 著

新星出版社 NEW STAR PRESS

图书在版编目（CIP）数据

莫西西的王冠 / 刘玉明著 . -- 北京 : 新星出版社，2020.11
ISBN 978-7-5133-3322-1

Ⅰ . ①莫… Ⅱ . ①刘… Ⅲ . ①科学幻想小说—中国—当代 Ⅳ . ① I247.5

中国版本图书馆 CIP 数据核字（2018）第 273764 号

莫西西的王冠

刘玉明　著

策　　划：谢　斌　杨成春　朱　鹰
责任编辑：汪　欣
特约编辑：洪　与　姚小红　莫金莲　刘德华
责任印制：李珊珊
装帧设计：刘青文

出版发行：新星出版社
出 版 人：马汝军
社　　址：北京市西城区车公庄大街丙 3 号楼　　100044
网　　址：www.newstarpress.com
电　　话：010-88310888
传　　真：010-65270449
法律顾问：北京市岳成律师事务所

读者服务：010-88310811　service@newstarpress.com
邮购地址：北京市西城区车公庄大街丙 3 号楼　　100044

印　　刷：北京天恒嘉业印刷有限公司
开　　本：890mm×1240mm　1/32
印　　张：8
字　　数：126 千字
版　　次：2020 年 11 月第一版　2020 年 11 月第一次印刷
书　　号：ISBN 978-7-5133-3322-1
定　　价：35.00 元

版权专有，侵权必究；如有质量问题，请与印刷厂联系更换。

目 录

第一章

- 001　1.莫贝里爷爷
- 003　2.老祖宗的故事
- 008　3.父亲的担忧
- 011　4.第二个孩子
- 014　5.莫西西降生
- 018　6.预言

第二章

- 022　1.上课

- 031　2. 金雕
- 037　3. 陷阱
- 042　4. 捕猎
- 046　5. 洗澡

第三章

- 052　1. 爽身粉
- 055　2. 棕色的大熊猫
- 059　3. 小山猴跳跳
- 062　4. 约定
- 067　5. 新的族长

第四章

- 071　1. 好朋友
- 074　2. 爷爷去了天堂
- 077　3. 大麻烦
- 080　4. 会画画的蜗牛

第五章

- 085 1. 长老会议
- 090 2. 猫头鹰博士
- 096 3. 哼哈二将
- 102 4. 鼠肉
- 105 5. 灾难降临

第六章

- 111 1. 巨大的瀑布
- 116 2. 神奇的蚂蚁桥
- 121 3. 老朋友重逢
- 125 4. 山洞
- 129 5. 蛇的追悼会

第七章

- 134 1. 一战成名
- 140 2. 责任

- 144　3. 受伤
- 149　4. 竹鼠小胖
- 155　5. 遭遇战

第八章

- 160　1. 妈妈的歌
- 166　2. 交锋
- 171　3. 跳跳被抓了
- 176　4. 兄弟
- 179　5. 老铁
- 182　6. 叛徒

第九章

- 190　1. 水中的鱼
- 194　2. 手足相残
- 198　3. 激战
- 204　4. 功夫

- 208　5. 伤痕

第十章

- 214　1. 劫后余生
- 217　2. 箭竹阵
- 223　3. 盟友
- 227　4. 决战
- 234　5. 莫西西的王冠

第一章

1. 莫贝里爷爷

毫无疑问,莫贝里爷爷是部落里最受尊敬的人。

之所以受到众人的尊敬,不是因为莫贝里爷爷的年龄,也不是因为他的部落族长的身份,而是因为他拥有无穷的智慧和卓越的远见。居住在风车峡谷里的大熊猫们,能够一次又一次地躲过灭顶之灾,莫贝里爷爷功不可没。

莫贝里爷爷用竹鼠的骨头预测未来,仿佛那些骨头里隐藏着世界的秘密。"唔,三天后,自然之神要震怒,动摇大地,石块和泥沙将越过众生的头顶。"他撒下骨头,端详了一会儿说道。惊惶失色的大熊猫们在他的指挥下,躲在大白石下面。

第三天的傍晚,大地依然宁静,没有一点儿生气的样子。莫飞说:"族长,您是不是看错了啊,怎么到现在大地都没有震动一下呢?"莫贝里爷爷没有说话,他用手捋了捋眼圈上的白眉毛——哎,那些讨厌的眉毛,一到紧要关头就会垂下来,挡住视线。

"太阳都下山去了,我看一定是没事儿了。咱们出去吧,躲在石头下太憋屈了。"莫飞接着说道。

话音未落，山谷里便传来轰隆隆的声响，大地开始震颤，树木和箭竹都簌簌发抖。莫飞吓得一屁股坐在地上，石块和泥沙呼啸着从山顶滚落下来，越过大白石，掉进深深的山涧里，发出骇人的声音。这次灾难折断了许多的树木，连箭竹也遭了殃，但大伙儿却毫发未损。莫飞不无担忧地说："族长，要是大白石也掉进深渊，咱们可就没命了呀！"

"不会的。"莫贝里爷爷笑着说，"大白石是这座山的根基呢，它的根扎在地底下，是自然之神赐予部落的庇护所呢。"

没事的时候，莫贝里爷爷就坐在大白石上，看看天空中的白云、山谷里蒸腾的雾气，感受下来自远方的风。"唔，霜雪正在前往峡谷的路上。""唔，寒风要跑过来了。""啊，可恶的竹鼠家族，它们在破坏咱们赖以生存的箭竹呢。"……像这样的话语从莫贝里爷爷嘴里蹦出来，很快就会传遍整个部落，大伙儿提前做好规避危险的准备，避开了风霜雨雪的侵袭，躲过了地震与洪水，很好地保护了生存的家园。

"有了莫贝里爷爷，咱们踏实着呢。"

"是的，莫贝里爷爷就是咱们的保护神。"

族人都感激莫贝里爷爷，为他送上最鲜嫩的竹笋、青葱的竹叶和肥美的竹鼠。"我还没有老呢。"莫贝里爷爷嗔怪道，"劳动是最光荣的事情，我可不愿意坐享其成，变成没用的废人。"

莫贝里爷爷把亲自采摘来的竹叶和竹笋送给孩子们。孩子们最喜欢的一件事就是围坐在大白石上,一边吃着莫贝里爷爷送的美食,一边听他讲故事。

讲故事的时候,莫贝里爷爷好像年轻了几岁,他的白眉毛都立得直直的,目光炯炯有神。"我们的老祖宗可了不起啦。"莫贝里爷爷说。他的语气里满是自豪和骄傲。

2. 老祖宗的故事

风车峡谷坐落在大山深处。高高的山峰直插云霄,山顶上,白雪皑皑,像戴了一顶白色的帽子。山里,终日云雾缭绕,空气湿润且清新,茂盛的树木扎根在地下,树冠朝着太阳伸展,盖住了嶙峋的山石。溪流从雪山上蜿蜒而下,最后在森林里汇聚成河流,劈开土石,咆哮着跑出森林。在山腰上的一条狭长的沟谷中,生长着密密麻麻的箭竹,这里,便是大熊猫部落世代居住的地方。

坐在突兀的大白石上,可以看见山腰上翻滚的云雾,也能听见谷下河流的咆哮。风顺着峡谷跑过来,拐了一个弯,绕开大白石,追赶河流去了。

"这真是一块风水宝地。"莫贝里爷爷说,"风儿都绕着走呢！"

"伟大的老祖宗一开始就住在这里吗？"安安奶声奶气地问。

莫贝里爷爷摸了一下安安胖乎乎的脸蛋，从一堆食物中捡出一根鲜嫩的竹笋，放在安安的手中。安安伸出舌头舔了一下竹笋的汁液，啊，真甜。孩子们叫嚷开了："爷爷，我也要，我也要吃！"

"都有份呢！"莫贝里爷爷乐呵呵地说。孩子们得到了食物，安静地听爷爷讲故事。

"最开始的时候，咱们的老祖宗不住在这儿。"莫贝里爷爷望了望天空，一朵白云在空中慢慢地游弋。

"很久很久以前，大地经过洪水的洗礼，食物变得匮乏，为了寻找到食物，动物们的性情与身体特征都发生了变化，本来温顺的动物也长出了尖利的牙齿，为了一丁点儿的食物便大打出手，甚至撕咬自己的同伴。大地上危机四伏，处处充满了危险。

咱们的老祖宗居住在一个叫塬上的地方，那里长满了齐腰深的野草，风一吹过，野草便俯下身子，把地面遮盖得严严实实。在野草的下面，生长着机敏的兔子；地底下，有啃食草根的田鼠。为了捕捉这些美味，老祖宗趴在草丛里一动不动，美丽的毛皮成了他最好的掩护,白色的圆点就像天空中的白云,黑色的毛发好似云朵投下的阴影。即便是机敏的兔子站在他的跟前,也无法分辨他的形貌,体察不出他的敌意。老祖宗用自己的智慧猎食,捕捉野兔和田鼠,那些动物在他的面前,显得愚笨无知,成了他的盘中餐。

随着冬天的到来,塬上成了许多动物争相觅食的好地方。一天,老祖宗在抓捕野兔的时候,遭遇了狼群和花豹的攻击,他们看着老祖宗面前的食物,馋得不行,决定硬抢。"

"难道他们自己不会去抓兔子吗?"安安瞪着圆圆的眼睛,看着爷爷,好奇地问。

莫贝里爷爷摸着下巴,笑着说:"狼和花豹虽然凶猛,但他们身上散发着浓烈的气味,野兔和田鼠很远就能闻到,所以早早地就跑开了。"

安安恍然大悟,连连点头:"原来是这样啊!"

"看见老祖宗面前的一堆野兔,许久没有找到食物的狼群和花豹都红了眼,不顾一切地冲了上来。"莫贝里爷爷说,"面对强大的敌人,老祖宗一点都不畏惧,他勇敢地和敌人搏斗,巨大的手掌将冲在最前面的头狼拍出了很远,头狼眼冒金星,很久才从地上爬起来。"

孩子们兴奋地拍起手来。"但敌人实在是太多了。"莫贝里爷爷声音变得低沉,"他们一波接一波地冲过来,不给老祖宗喘息的机会。最可恶的是花豹,他偷偷地躲在老祖宗的背后,趁着老祖宗无暇分身的时候,猛地扑了上去……"

听到这里,孩子们的眼睛里都流露出惊恐的神色。"不要怕,不要怕。"莫贝里爷爷摸着孩子们的头安慰说,"咱们的老祖宗可不是好欺负的呢!"

"就是就是,老祖宗可是一个很勇敢的战士啊!"

"他一定会把花豹打得狼狈而逃!"

孩子们叽叽喳喳。莫贝里爷爷严肃的表情也慢慢舒展开来。"是的,老祖宗一掌就推开了花豹,但他的背部也受了伤……"

"啊,那可怎么办啊?"

莫贝里爷爷眨了眨眼,说:"正在这个危险的时候,一个叫蚩尤的人类出现了,他用弓箭击退了花豹,狼群一看没有便宜可捡,也偷偷地溜走了。"

孩子们都舒了一口气。

"人类危险吗?"安安不安地问。

"人类?啊,那是多么复杂的种群,我一时半会儿可弄不明白。"莫贝里爷爷皱着眉头想了想,说,"老祖宗是被人类救下来的,蚩尤给老祖宗治伤,还给他提供了丰盛的美食。"

"看来,人类还是很好的啊。"安安舒了一口气。

"老祖宗可不是忘本的人,受了蚩尤的恩惠,他决定帮助蚩尤。"莫贝里爷爷说,"孩子们,你们也要记住,受到别人的恩惠就要铭记在心里,滴水之恩当涌泉相报,这是必须具备的品德。"

"后来怎么样了?"

"后来呀,老祖宗便跟随蚩尤南征百战,立下了赫赫战功,受到世人的尊崇。"

"那为什么老祖宗会来到风车峡谷呢?"

莫贝里爷爷微笑着摸摸安安的头,"你这个小脑袋里,怎么装了这么多的问题呢?"

"功成身退了呗。"一个孩子说。

"是这里环境特别好,爷爷不是说这里是风水宝地么?"

"嗯,才不是呢?"一个孩子挠着脑袋说,"老祖宗不想和人类打交道了。"

"真是聪明的孩子。"莫贝里爷爷点点头,笑眯眯地看着吵吵嚷嚷的孩子们。人类内讧、征伐、尔虞我诈,充满了暴力与血腥,老祖宗是看透了人世间的纷扰,放弃了世间的喧闹,躲避到风车峡谷来的。但莫贝里爷爷不愿意给孩子们讲这些,他们是多么单纯的孩子啊,就像天空中的白云一样,像清澈的溪流一样,没有一点儿杂质。

莫贝里爷爷抬起头,乳白色的雾气在山谷里氤氲,在云雾的下面是另一个世界,也许孩子们长大了会去那里,但现在,他们在亲人的护卫下,过着快乐的生活。

简单而快乐的生活,更利于孩子们的成长。

3. 父亲的担忧

雾气正在上升。莫羽昇抱着一大捆鲜嫩的竹笋,从竹林里走出来。"真是一个称职的父亲。啊,我又要当爷爷了。"莫贝里看着儿子的背影,心里暖洋洋的。

莎莉吃了一段竹笋,温柔地望着丈夫。

"啊——"她轻轻地呼唤了一声。

莫羽昇忙低下身子,关切地问道:"莎莉,你怎么啦?"

"这里,这个小调皮蛋正在伸着小腿,还踢了我一下呢!"莎莉摸着圆鼓鼓的肚皮,对丈夫说。

"这个不安分的小家伙!"莫羽昇笑着说。他把圆圆的耳朵放在妻子的肚子上,倾听肚子里面的声音。

"啊,真是的,他伸着小腿呢,都踢到我的脸了。"莫羽昇抬起头,指着脸颊说。

"他踢你了?"莎莉笑着说,"可真是个调皮的孩子。"但她从丈夫的眼睛里看到了一丝忧虑，自从安安出生后，丈夫就显得忧心忡忡。莎莉知道，莫羽昇一直希望有一个像他那样勇敢的男孩子。

连日劳作，莫羽昇感觉有些疲倦，他来到大白石上坐下。

"你又要做爸爸了。"莫飞凑过来说道，"可别又是一个安安呀！"

莫羽昇有些不高兴："有什么不好吗？安安是多么乖巧的孩子。"

"安安一直是个好孩子。"莫飞对自己的冒失感到愧疚，他说，"大伙儿都希望你和莎莉的这个孩子是个勇士呢！"

"就像你这样，是一个勇敢的战士。"莫飞想了想说道，"部落里，需要更多像你这样勇敢的战士。"

看着莫飞摇摆着肥胖的身躯离去，莫羽昇心里涌起一丝不安，"要真是一个男孩子该怎么办？"他想。他对做父亲有些压力，安安的教育工作，大多是爷爷莫贝里承担的，如果儿子降生了，还能把责任交给年迈的爷爷去承担吗？

"哎，这真是一件伤神的事情。"莫羽昇自言自语地说，"我得好好学习怎么做一个好父亲了。"

"孩子，我知道你很困惑，但陷入迷茫是不能解决问题的。"一个熟悉的声音在头顶响起。

莫羽昇抬起头，原来是父亲。

莫贝里慈爱地看着儿子，说："你有什么问题就讲出来吧，我们可以一起探讨。"

"父亲，我正伤神呢。"莫羽昇皱着眉头说，"作为孩子的父亲，该如何去引导他们成长呢？"

"用你的言辞去激励他，用你的行动去引导他。"莫贝里说，"孩子，你要知道，成长的过程也是彼此学习的过程，你教会了孩子本领，孩子也在引导你去认识更多新鲜的事物啊！"

莫羽昇若有所思地点点头。

"在很多时候，成功的模式是一种指引，让你有方向可循。"莫贝里说，"你可以向部落里那些优秀的父母学习，再根据实际情况进行修正。"

"谢谢父亲，您为我解开了心中的疙瘩。"莫羽昇站起身，深深地鞠了一躬。莫贝里满意地笑了笑，转身准备离开。莫羽昇突然叫住了他。

"父亲，有一件非常重要的事情，我还没来得及告诉您呢！"

"什么事情，还这么严肃？"莫贝里站住脚。

"今天我在箭竹林深处采集竹笋，您知道的，那里靠近大河。"莫羽昇说，"我发现了狼的脚印。"

"狼?"莫贝里的脸色变得凝重起来,"它们怎么会出现在风车峡谷里呢?"

4. 第二个孩子

月亮在云层里躲躲闪闪,微弱的月光透过树叶,洒在斐蓝的身上。

斐蓝踮着脚尖,每一步都走得小心翼翼。地面上厚厚的落叶和苔藓踩上去是多么的舒服,但她却一点儿也感觉不到。"啊,淘气的家伙。"斐蓝说,"你总是在最关键的时候和妈妈作对呢!"

在狼族里,斐蓝是公认的"美人"。她有一身金黄的毛发,高而长的四肢支撑着曼妙的身体,蓝色的眼睛总是闪着明亮的光彩。

"你是上天赐给我们狼族的荣光。"狼王叱林这样评价斐蓝。作为狼王的妻子,斐蓝备受宠爱,让族群里的人们都羡慕无比。不管是在丛林里狩猎,还是族群里召开会议,叱林总是陪伴在斐蓝的身旁。这段经历对于斐蓝来说,是一段无比美妙的时光,但这种美好的生活在儿子小武快一岁时,被残酷的事实击打得粉碎——在一次捕猎中,叱林身受重伤,生死不明。

失去丈夫的庇护，斐蓝在族群里的地位很快跌落下来，觊觎她的公狼们蠢蠢欲动。"我是狼王叱林的妻子！"面对那些不怀好意的公狼，斐蓝用尖牙利齿来回应他们。

"叱林已经死了，你何必那么固执呢？"

"叱林是不会死的，他是森林里最伟大的狼王！"斐蓝坚信，自己的丈夫总有一天会再次站在自己和孩子的面前。

想起叱林的勇猛和不可挑战的威严，族人们都闭上了嘴巴。但他们不再把肥美的食物分给斐蓝母子。斐蓝毫无怨言，她独自一人挑起了生活的重担。

"在这片茂密的森林里，饿死的都是懦弱的懒汉。"斐蓝对儿子小武说。在很长一段时间里，她都感受得到胎动，"至高无上的自然之神，感谢您再次把恩惠赐予我。"她想，叱林又将有一个儿子了。

为了小武和肚子里的孩子，斐蓝更加勤奋，她穿行在丛林里，寻找食物。这一天，她安顿好小武，独自到森林里狩猎。

很快，一头雄壮的麋鹿进入斐蓝的视野。麋鹿用鲜红的舌头卷食鲜嫩的蕨尖，随着唇齿的张合，它的嘴角溢出青绿的汁液。"多么肥壮的鹿啊！"斐蓝想，这足够她和孩子吃上七八天了。但她没有贸然行动。在丛林里，警觉的麋鹿能通过细微的声响判断危险，即便在啃食青草的时候，它都会不时地用眼睛窥探四周，用灵敏的耳朵捕捉危险的信号。

斐蓝大气也不敢出，她蹲下身子，肚皮贴着地面，蹑手蹑脚地潜行。一丛茂密的大叶蕨遮盖住她的身影，透过叶片的缝隙，能清晰地看见麋鹿背上的花纹。斐蓝屏住呼吸，慢慢收缩颈背，力量凝聚在两只前爪上——她要给麋鹿致命一击！

"咔！"

一声轻响从地面发出来。"该死的。"斐蓝瞟了一眼地面，原来自己的爪子踩断了一截干枯的树枝。

斐蓝不再等待，她闪电般地弹起来，扑向麋鹿。但麋鹿已经意识到了危险，说时迟，那时快，麋鹿风一般地窜了出去。斐蓝尖利的前爪在它的臀部划出几道血槽。

失魂落魄的麋鹿朝着山坡高处奔逃，它的四蹄越过横断的树枝，带起潮湿的泥块。斐蓝紧追不舍，距离是那么接近，除了耳边的风声，彼此沉重的呼吸声似乎就在耳畔。穿过丛林，一片茂密的箭竹出现在眼前。"真是糟糕。"斐蓝想，那可是大熊猫部落的地盘，那些胖乎乎的大熊猫可不完全是吃素的，他们的瞬间爆发力远在自己之上，尤其是粗壮的手掌，力量更是大得吓人。要是麋鹿钻进了箭竹林子，要想抓住它也是一件很费劲的事情。必须在麋鹿进入竹林前，把它扑倒在地上!

斐蓝一个飞跃,扑向麋鹿。

随着一个漂亮的弧线,斐蓝掉落在了地上。腹部剧烈的疼痛,让她直不起腰来。"淘气的家伙。"斐蓝眼睁睁地看着麋鹿钻进竹林,暗叫一声可惜。阵痛提醒斐蓝,孩子快要生产了。失去了食物,绝不能失去孩子。这可是叱林的孩子,也许就是未来的狼王呢。

生产的过程是艰辛的,在危机四伏的丛林里,稍有不慎,便会有杀身之祸。不但孩子保不住,自己也可能殒命。斐蓝决定回到狼族部落生下孩子。

"孩子,我一定会让你平平安安地来到这个世界。"斐蓝忍住疼痛,站起身来,深深地吸了一口气,步履蹒跚地朝着聚居地行进。

5. 莫西西降生

莫羽昇发现狼的踪迹,让莫贝里深感不安。多年来,狼族和大熊猫部落互不侵扰,双方都相安无事。几个月前,莫贝里在深夜里听见狼王凄厉的叫声,那声音里饱含着绝望与愤懑,一直困扰着他。

叱林走了,维持多年的和平终究会被无序打破。莫贝里的担忧不是没有道理。如今，狼族已经侵入到部落的领地里来了，莫羽昇发现狼的踪迹就是一个极好的证明。

"凡事预则立，不预则废。我们得有所准备。"部落的长老会议上，莫贝里的表情前所未有的严肃，让大家都感到一股无形的压力。

"莫飞，你是最有声望的长老，你说说该怎么办？"莫贝里说道。

莫飞沉思了一会儿，说："族长，我建议派出人手去认真察看一下。如果有必要，是不是也让使者去狼族，和他们谈谈？"

"喏，这是不行的。狼王吡林已经不在了，狼族的秩序已经变得混乱，现在派使者去，岂不是送肉入狼口？"莫贝里回答道。

莫飞不好意思地垂下头。莫贝里说："不过，你第一个建议很好，先派出人手去周边认真查看一下，我们才好提前做好准备。"

"我去。"莫飞立即响应，说，"我会选出勇士，一是察看周边的环境，关注狼族的动向；二是到溪流的上游去看看，我最近发现溪流的水量正在减少呢。"

"你真是一个有心的孩子。"莫贝里赞许地点点头，"那就这么办了。关注狼族固然重要，溪流的水量减少也一定要察看明白。"他想了想,又说,"我会做一场法事,请求万能的自然之神,保佑部落和族人平安。"

"法事?"莫飞挠着脑袋,"是不是那个预言?"

"什么预言?"莫贝里一头雾水。

"那个古老的预言。"莫飞低声说,"最近,好些人都在议论呢,但愿不是真的。"

莫贝里的眼睛里掠过一丝惊惧,他咳了一声,把内心的惊慌压了下去。"啊,都是说着玩儿的呢。"他降低声音,"要是真的,那可就麻烦了。"

莫飞在部落里挑选勇士。莫羽昇也想跟着去,但莎莉即将生产,他得留下来照顾莎莉和即将出生的孩子。

"母子一定会平平安安的。"莫飞拍着莫羽昇的肩膀,"孩子也会像你一样,成为勇敢的战士。"

伴随着闷闷的竹筒鼓声,莫飞带着勇士出发了。

大山深处,雾岚悄无声息地生长。

傍晚,大白石上,庄严的法事在莫贝里的主持下开始了。12个身披竹叶、手执竹棍的大熊猫围着莫贝里,踩着鼓点,跳起舞蹈——这是对自然之神的尊敬和崇拜。莫贝里蹲坐在地上,嘴里念念有词,在他的左手边,摆放着竹鼠的骨头;右手边,放着一块陈旧的竹板。这些法器是莫贝里预见未来的宝贝，也是部落族长的信物。

"万能的自然之神，在您的庇佑下，部落平安，族人康泰，愿您降下神祇，给我们以指引。"莫贝里拿起竹板在石头上敲了三下，对着远方的雪山朗声说。

鼓声戛然而止。

莫羽昇远远地看着父亲和族人，他们匍匐在大白石上，虔诚地叩拜无所不能的神灵，内心满是焦急。"万能的自然之神，您可要保佑莎莉。"莫羽昇喃喃地说，生产中的莎莉发出痛苦的呻吟，让他揪心不已。他顿了顿足，在屋子外面焦急地走来走去。

竹鼓的声音再次响起。

一颗流星划过夜空，拖着长长的尾巴，消失在森林里。

"呱，呱——"

在婴儿的啼哭声中，莫贝里用双手轻轻地捧起竹鼠的骨头，撒向地面。

"是个公子呢！"帮助生产的大婶走出来，把喜讯告诉给莫羽昇，莫羽昇跌跌撞撞地跑进莎莉的卧室，他看见一身大汗的妻子身边，躺着一个猩红的肉团。

"我看见流星了。"莫羽昇怜爱地看着母子俩说，"向着西方去了。"

"这是一个好预兆。"莎莉看着刚刚降生的儿子,温柔地说,"我们的孩子就叫西西吧。"

"西西,很好呀。"莫羽昇搓着手,说,"听起来不像男孩子的名字。"

"我喜欢这样叫他呢。"莎莉说,"莫西西,多好听的名字。"

6. 预言

和柔弱的莫西西相比,斐蓝的孩子小威显得强壮而有力,从母亲的子宫里解放出来,小威便开始摇摇晃晃地寻找甘甜的乳汁。他的皮毛还带着母亲腹腔里黏黏的体液呢。

"这孩子多像他的父亲啊。"斐蓝用舌头舔着小威身体上的粘液,她的目光充满慈爱。啊,亲爱的叱林,这是你的孩子,他的身体里流淌着你的血液,你要相信我,我一定会把他培养成狼王的。

莫飞带着疲惫不堪的勇士们回来了。他的神情有些忧郁,仿佛有许多无法言喻的秘密潜藏在里面。"从上游的情况来看,用不了多久小溪便会断流。"莫飞对莫贝里说。连续多日的探勘,让他的身体变得消瘦。

莫贝里关切地倾听着莫飞的汇报。从莫飞带回来的消息里,莫贝里越发感觉到自己的担忧正逐渐变成现实。

"狼族没有过多的举动，他们正热衷于狼王宝座的争斗。"莫飞说，"莫羽昇看见的狼踪，我想不过是失群的孤狼在追捕猎物时留下的印痕。"

"这至少是一个值得欣慰的消息。"莫贝里叹息道。

"在上游……"莫飞端起竹筒喝了一口水，说，"我看见一些箭竹正在发生变化。"

莫贝里的身子动了动，他想，这才是莫飞要说的重点。"箭竹开始开花了。"莫飞压低嗓子，生怕其他人听见似的。

莫贝里手一颤，手中的竹筒掉在地上，清冽的泉水倾倒出来，把他干涩的皮毛打湿了一大片。

"这真是一个不祥的征兆。"莫贝里幽幽地说，他感觉嗓子有些发痒，猛地咳了起来。

"万能的自然之神应该给了我们启示。"莫飞轻轻拍着莫贝里的脊背说，"也许，那个古老的预言是真的。"

"没有这样的事。"莫贝里止住咳嗽，他看着莫飞说，"自然之神已经给了我们启示，一切都朝着美好的一面在发展。"

莫飞有些失望，但他很尊敬族长，对莫贝里所说的话从不怀疑。

月圆之夜，一只棕色大熊猫的诞生将给部落带来灭顶之灾。

箭竹会开花,溪水将断流,甚至种族会灭绝……流言开始像瘟疫一样弥漫开来,族人变得惶恐不安,他们私下里交流着彼此的想法,仿佛这些不可思议的事情即将变成现实。

"记得吗?做法事的那天晚上,一颗流星掉了下来。"

"这不是好兆头。"

"那天晚上,莎莉生下了一个儿子。"

"这个孩子是不吉祥的。"

……

莫飞听着这些传言,他耸着肩膀,目光严厉地刺向那些悄声细语的族人。"你有了儿子,怎么还垂头丧气的呀?"他对神情萎靡的莫羽昇说。

"那些流言,多么让人不安。"莫羽昇沮丧地说。

"你不相信自己的孩子,难道也不相信自己的父亲吗?"莫飞说,"族长可是一个好人,他从来都没有说过一句不实的话语。"

"是啊,父亲一直是个诚实的人。"莫羽昇安慰自己说。

而他不知道,自己的父亲莫贝里正孤独地坐在大白石上,内心充满了矛盾。"那个该死的预言。"他想,这一切难道都是真的吗?躺在莎莉身旁的那个红色的小肉团,是一只棕色的大熊猫,他会给部落带来灭顶之灾吗?

莫贝里摸了摸口袋里的竹鼠骨头，轻声说道："万能的自然之神，您要原谅我，我隐瞒了事实的真相。请您把罪过都降落在我的身上。"

"瞧瞧我这把老骨头，活不了多久啦。"莫贝里心里暗暗地祈祷，希望自己的孙子能健康地成长。

第二章

1. 上课

太阳像狗的舌头，伸出来就缩不回去。

小威懒懒地趴在地面上。温润的湿气从苔藓里丝丝缕缕地冒出来，渗透进毛发和皮肤，格外舒爽。"小威，你该活动活动了。"斐蓝对儿子的慵懒有些不满意。

"瞧瞧他的小身板，外形和叱林多么相像，性情却那么不同。"斐蓝想，也许叱林小时候就是这样呢。一看到小威，斐蓝就会不由自主地沉浸到对叱林的思念之中。

小威一天一天地长大，他的体型快赶上哥哥小武了，但他还是一副孩童的模样，喜欢在草地上打滚，把苔藓滚成一个小球，甚至和森林里的小松鼠捉迷藏。多么可爱的孩子啊。看着毛茸茸的小威，斐蓝心中有着满满的暖意。但潜藏在内心深处的呼喊，却时刻在告诉自己："这是叱林的孩子，是丛林里不可替代的狼王！"

自从叱林在森林里失踪、生死不明的那一天起，斐蓝心里就埋藏下了一颗种子。这颗种子悄无声息地生长，连她自己也无法说得明白。小武似乎更懂事些，不管是待人还是接物，他都处理得顺顺当当，毫无瑕疵——这一点受到族人的首肯：这才是叱林的尊范。

"瞧瞧，小武是多么懂事的孩子。"

"和叱林一样，有着宽广的胸襟。"

……

在族人称赞小武的时候，斐蓝内心深处有个声音在说：这不是叱林，叱林是多么英武，他的凶猛、大气和尊严是狼族们——即便是那些最凶猛的公狼，也永远无法超越的——那才是狼王的气概！

小武有一颗宽厚仁慈的心，这让他看起来有些孱弱。

这多少让斐蓝有些失望，也有些伤感。但她不能责备小武——这个孩子是在父母的呵护下长大的，他享受了来自父母和族人无尽的溺爱和拥戴。但残酷的事实是，丛林里没有仁爱和宽厚，更多的是争斗和血腥——这是成为狼王必须历经的磨炼！

"这不能怪孩子，都是我的错。"看着一板一眼模仿叱林的小武，斐蓝更多的是自责。

种子已经发芽，并且茁壮成长。斐蓝感受到肩上的责任那么重，她下定了决心：要把两个孩子培养成丛林里真正的强者。

"过来，我的孩子们！"斐蓝端着面孔说。

天气是那么炎热，蒸汽从地面、草丛间、苔藓下面蒸腾而上，被无情的阳光吸走了。小威不愿意离开充满凉意的地面，在厚厚的苔藓上，肚皮是多么的舒服啊！

太阳公公下山后，我还要和小松鼠蓉蓉一起玩耍呢。嗯，捉迷藏，她藏在林子里的松子我一定要找到，小威想象着和蓉蓉捉迷藏的情景。

斐蓝的声音再一次想起，而且更加严厉。嗷，妈妈真是太烦了，让人做美梦的机会也不给。小威无奈地站起身，抖了抖粘在身上的草屑。

"孩子，专心一点，我们开始上课了。"斐蓝把小威的头扭正，"今天，妈妈要教给你们的是'丛林法则'，嗯，第一章，森林里的危险……"

大白石上，孩子们叽叽喳喳地说个不停，差一点儿就把莫贝里爷爷的头闹昏了。

"啊，太阳都站上山顶了。"

"莫西西怎么还不来呢？"

"爷爷，莫西西老是迟到，您得好好管管他呀！"

……

莫贝里无奈地摇摇头，这个孩子，又不知道去哪里玩去了。

清晨，杜鹃和蜡嘴雀的鸣叫把莫西西从睡梦中惊醒。他打着哈欠，从温暖的被窝里爬起身来。"小懒虫，太阳都快照到屁股了。"安安一边吃着爸爸准备的竹叶，一边嘲笑他。

"还早着呢，我的梦都没有做完……"莫西西揉着眼睛，嘟嘟囔囔地说。

"孩子，过来吃一点东西吧！"莎莉拉着莫西西的手，来到桌旁说，"今天，爸爸给你和姐姐准备了鲜嫩的竹叶。瞧，这些竹叶上还带着露珠呢！"

莫西西把头搁在桌子上。他的脑袋立刻映照在圆圆的露珠里。"妈妈，我正做一个美梦呢，梦见了许许多多的竹笋。"莫西西慵懒地说道。

"都快到上学的时间了。"安安抱怨说，"你老是迟到，大伙儿都笑话你，害得我也被笑话，太没有面子了。"

"我才不想上学呢！"莫西西说着，拿起一片竹叶含在嘴里，竹叶上的露珠凉丝丝的，让他的睡意消散了许多。"爷爷的课不好听，又没有玩具，又不能捉迷藏。"

"这孩子，怎么这么说话呢！"莫羽昇说，"爷爷可是部落里知识最渊博的人，他教给大家生存的本领和做人的道理，大家才能在这片森林里立足。"

莫西西有些害怕爸爸的眼神，他偷偷瞟了一眼爸爸，见他没有生气的样子，低声说："爸爸，我一定听爷爷的话！"

莎莉满意地点点头，吻了一下莫西西的额头，说："嗯，听话的孩子就是乖宝宝。"

莫羽昇看着母子俩，无奈地摇了摇头，说："哎，瞧你把孩子娇惯成什么样子了！"

莫西西没有径直去"教室"——大白石，他漫不经心地跟在姐姐身后，一会儿摘一朵野花，一会儿趴下身子看地上的蚂蚁。安安踏着脚说："西西，别磨蹭了，爷爷都等急了，他会生气的。"

"爷爷才不会生我的气呢。呀——"他突然叫了起来，"多么漂亮的蘑菇！"

在一棵箭竹下，一丛色彩斑斓的蘑菇吸引了他的目光。"要是把这些蘑菇送给爷爷，爷爷就不会生气了。"莫西西小心翼翼地采下蘑菇，捧在手里说道。

安安看着莫西西手里的蘑菇说："真漂亮，爷爷肯定不会生气的。"

两个最宝贝的孙子没有按时出现在课堂上，莫贝里有些焦急。"这两个贪玩的孩子，总是迟到，下次得提醒他们。"莫贝里正在琢磨。莫西西举着一丛蘑菇冲进了教室，孩子们被他手中五彩的蘑菇吸引住了，纷纷围了上来。

"好漂亮的蘑菇。"

"能吃吗?"一个孩子不安地问。

"这么漂亮的蘑菇,肯定能吃。"

"莫西西,给我一朵吧!"

……

"才不要呢,我要送给爷爷。"莫西西捧着蘑菇,递给莫贝里,"爷爷,这是我亲自采的蘑菇,送给您啦!"

莫贝里看着莫西西真诚的眼神,一肚子的不愉快和琢磨立刻烟消云散。"真是懂事的孩子。"他接过莫西西手中的蘑菇,认真地看了看,说,"孩子们,今天我们就来讲讲这些蘑菇好不好?"

"太好了!"莫西西拍着小手掌附和道。

大伙儿围坐在莫贝里身边。"首先,我要告诉你们,西西今天采摘的蘑菇可是不能吃的。"莫贝里神情严肃地说道。

莫西西颓丧地叹了一口气:"早知道不能吃,我就不采了。"

"这么漂亮的蘑菇,怎么不能吃呢?"安安好奇地问,这也是孩子们都想知道的一个问题。

莫贝里笑了笑。

"在茂密的森林里,生长着许许多多的蘑菇,他们有的身披耀眼的衣裳,却有着一副狠毒的心肠;有的朴实无华,却滋味鲜美。"莫贝里拿起手中的蘑菇说,"所以,孩子们,我们不能用世俗的眼光去看待问题,不能光从事物的表面去判断它们的好坏。"

孩子们纷纷点头。莫贝里瞅了一眼莫西西,莫西西一副心不在焉的样子;身上还脏兮兮的,以至于看不清皮毛的颜色。对于后一点,莫贝里既感到欣慰,也感到忐忑。

小孩子嘛,脏一点怕什么呢?但是,莫西西是一只棕色的熊猫,这是一个潜藏在莫贝里心中的秘密——古老的预言里,棕色熊猫正是族群遭遇灭顶之灾的起源。莫贝里把这个秘密埋藏在心底。

"万能的自然之神啊,请原谅我的不诚实。"莫贝里暗暗地说,他对自己的这种行为感到羞愧。

和族群里的其他孩子相比,莫西西显得瘦削而羸弱,他对身边的事物永远充满好奇,即使在爷爷讲解丛林的生存法则的时候,都开着小差。"啊,这些蝴蝶为什么都不愿意停留一下呢?"莫西西望着空中飞过的蝴蝶想。

他的心里有许多让人无法理解的东西,"姐姐为什么要戴一朵花在头上呢?""爷爷的眉毛为什么和爸爸的不一样呢?""爸爸为什么要一个人坐在黑暗里呢?""莫飞叔叔为什么老是用奇怪的眼神看我呢?"……

莫西西的心里充满着无数个为什么。"真是一个既聪明又调皮的孩子。"莫贝里无法回答莫西西的问题时就会想,这孩子真让人头疼。

最疼爱莫西西的是莎莉,似乎她所有的爱都是为莫西西储备的。"多么可爱的孩子。"莎莉对莫羽昇说,"瞧瞧他的眼睛,那么灵动而又充满活力,比你的眼睛可漂亮多了。"

莫羽昇皱着眉头,他有一肚子的心事。自从看见狼的踪迹在箭竹林边出现,他就忐忑不安。"安逸的日子要到头了。"他对莎莉说。

"瞧瞧你都说了什么,我们的孩子这么小,还没有出去闯荡呢!"莎莉说,"再说了,安安和西西是非常听话的孩子,还等你给他们传授本领呢!"

莫羽昇有些魂不守舍。他用竹签剔着脚尖的泥土,说:"等他们再大一点,我会教他们的。现在,不是有爷爷在教他们知识么?"

"亲爱的,你是孩子的父亲,教给他们本领是你的责任。"莎莉有些不高兴。莫羽昇看着妻子的脸,心里发虚。"好吧,我会引导他们学会尊敬自然之神、尊敬长者、爱护弟弟妹妹,学会生存的本领。"

从爷爷的课堂上挣脱出来,莫西西拉着安安到箭竹林里去玩耍。茂密的竹林里,隐藏着太多的秘密。"上一次,我看见了一只竹鼠。"莫西西对姐姐说。

"天呐,你为什么都没有告诉给妈妈和爸爸呢?"安安捂着嘴巴说。

莫西西对姐姐的反应有些不满,"你真是一个胆小鬼,这样的事情为什么要告诉爸爸和妈妈呢?"莫西西说,"竹鼠长得可爱极了,他们还和我捉迷藏呢!"

"竹鼠可坏了,会啃食竹根。"安安想起爷爷说的话来,竹鼠吃掉竹根,竹子就会枯萎死掉,大家就没有了食物。

"真的吗?"莫西西有些沮丧,"我都不知道呢!"

看着莫西西颓丧的样子,安安咯咯地笑了起来,说:"下一次,我们看见竹鼠,就抓住他们。"有一次,妈妈抓住一只受伤的竹鼠,安安还分了一点肉吃,现在想起来,竹鼠肉的滋味真不错。

"我可不干,他们和我玩捉迷藏呢!"莫西西嘟着嘴说道,想起妈妈和姐姐吃掉竹鼠,他的心里感觉很不舒服。

"他们是故意躲着你呢!"安安说,"那样,他们就可以去做坏事了。"

莫西西低下头,这时候他又觉得姐姐的话有些道理。"唔,你多久没有洗澡了?"安安闻了一下莫西西的胳膊后问道,"都有奇怪的气味了。"

"我才不洗澡呢。"莫西西扭着小屁股说。

安安看着莫西西钻进草丛里,"真不知道说你什么好,要不是妈妈托我好好看着你,我才懒得理你呢!"她一面说着,一面跟了过去。突然,草丛中传来莫西西的惊叫"救命——"

安安吓了一跳,急忙钻过草丛,眼前的景象让她不知所措:出现在眼前的不是一片片熟悉的箭竹,而是一块开阔的草地。和茂密的灌木丛比起来,地面上的野草显得格外低矮,它们匍匐在地面,像被风梳过一般;在草地的空隙里,还生长着叫不出名字的地衣和苔藓。

安安望了望,空旷的草地上没有莫西西的影子,她不由得惊慌起来:"西西,你在哪里?"

她的呼喊像波浪一样传出去,很快,又像遇到岩石一样反弹了回来。

"西西,你在哪里……"

2. 金雕

高远的空中,白云被风撕扯成不规则的形状,但风儿还不甘心,它把那些团状、块状的云朵雕塑成狮子、老虎、大象,甚至是蚂蚁的样子。

牧云心惊胆战,那些白云看上去似乎有生命,它们投下巨大的阴影,随时便可以吞噬一切。"孩子,你只要踏出第一步,"雅伦说,"广阔的天空便是你的世界。"

"我怕,妈妈,你看那些狮子、老虎,还有大象,它们会撕碎我的。"牧云用颤抖的声音说。

雅伦的眼神变得锐利起来,她清了清嗓子,说:"孩子,你看见的狮子、老虎之类的,都是虚幻的景象,它们只是没有生命的云朵。来,到悬崖边上来,张开你的翅膀,风会托住你。"

母亲的声音越来越严厉,一点也不像往日爱护自己的妈妈,牧云的双腿开始打颤,泪水快要从眼睛里流了出来。

"走到悬崖边上去!"雅伦吼道,看着畏畏缩缩的儿子,她心中的怒气开始上涌。"你是金雕的后代,天空就是你的领地,你要去征服它!"

"我……我怕……"牧云含着泪水,但他一看见母亲怒气冲冲的样子,就更加感到恐惧,但又无可奈何,只好战战兢兢地挪到悬崖边上。脚下,雾气在翻滚;头顶,云朵在奔跑。风发出呜呜的叫声,扑进牧云的鼻腔,他觉得呼吸都困难极了。

"风是你的朋友,它会托住你的身体,带你去翱翔。"雅伦在儿子背上推了一掌,牧云惊叫一声,朝着悬崖冲下去!

"张开翅膀!"

"我要死了。"牧云想。风在耳边呼啸,似乎在嘲笑他。地面越来越近,他都能看见嶙峋的山石了。

雅伦的心提到了嗓子眼,"万能的自然神,您要保佑我的孩子。"

牧云下坠的速度越来越快。

雅伦大叫:"张开你的翅膀!"

泪水顺着牧云的眼角流下,他看见母亲焦急的身影正在一点点变小,云朵投下的影子慢慢吞噬着她。"妈妈——,"牧云张开喉咙,在空中翻了一个跟斗,脑袋朝着地面栽了下去,"我可怜的妈妈.她被那些可恶的狮子和老虎吃掉了。"牧云想,妈妈不在了,我也不能活下去了。

他闭上眼睛,翅膀慢慢张开,准备迎接大地的拥抱。

巨大的旋风掠过小武的头顶,吹得他身上的毛发都竖了起来。"金雕!"小武抬起头,金雕金黄色的大羽翅赫然在眼前,羽翅刮起的风,让他睁不开眼。"快趴下!"小武大声呼喊小威,"小威,快趴下!"

在一块突兀的岩石上,小威浑然不知危险,正饶有兴趣地看着一队搬家的红蚂蚁。那些蚂蚁排着整齐的队列,朝着隐藏在岩石后面的洞穴行进。"真是太有趣了。"小威抬起头叫小武:"哥哥,快来看呀!"

小武的心都快蹦出了胸腔。他想招呼小威趴下身子,但一切都太晚了,金雕的翅膀重重地扇在小威的背上,小威尖叫一声,从岩石上滚落下去。

临空而降的金雕正是牧云。快要坠落到地面的时候,一股强大的力量托住了他,他有些奇怪:"难道是妈妈救了自己?"下落的速度在减缓,那股力量看来并没有消失,而是稳稳地支撑着自己的双翅,以至于翅膀成了"V"字形,背部的肌肉都紧缩了起来。

"没错,是风。"牧云高兴得想大叫,妈妈说得没错,是风托住了他。在快要接触到突兀的岩石时,他努力地拍打翅膀,看见一个长相怪异的家伙从翅膀下面滚了出去。"哦,可怜的家伙。"他想。但他没有停歇,无法遏制的喜悦让他振奋,血液都快要燃烧起来了。"吼吼——"他大叫着,在草地上滑翔了一圈,抬起头,妈妈正站在悬崖上,目不转睛地望着他。

"妈妈,妈妈!我飞起来了!"牧云大声呼喊,他恨不得很快回到妈妈的面前,向她倾述:风是自己的好朋友。

他瞅了一眼那个从岩石上滚落下来的奇怪的家伙,扇动着翅膀,朝着悬崖上面飞去。

"可惜！"雅伦清晰地看见一只幼狼在牧云的翅膀下滚落，另外一只还趴在草丛里瑟瑟发抖。"暂时放过这两个可怜的家伙，眼下，牧云学会飞翔才是最重要的事情。"雅伦想，牧云真是个好孩子，得好好表扬他，至于捕猎的功课，还有许许多多的经验要教给他。

但这需要一个过程。

听见小武惊叫的斐蓝想也没想，丢下刚咬在嘴里的野兔，一个箭步冲出树林。她看见金雕从小威的头顶掠过，小武抱着头低低地趴在草丛里。"小威！"她大叫着奔过去。一切都来不及了，小威惊叫着从岩石上滚落下来。

那只金雕打着旋儿，随即射向天空。

"好险啊！"斐蓝看了看悬崖上，那只长着灰褐色羽毛的大雕似乎对自己和两个孩子不太关心，她正盯着空中飞翔的雕儿呢。

斐蓝盯着悬崖，直至两只金雕慢慢消失在眼前才舒了一口气。她奔向小威，掉在草丛里的小威还不知道发生了什么事呢，被妈妈拉起身来，还奇怪地问："妈妈，我怎么被风吹下来了？"

小武已经站起身来，斐蓝本想狠狠地骂他一顿，责备他为什么不顾弟弟的安危独自躲避，但看到小武苍白的脸色和惊恐的眼神,她把责备的话语咽了回去,护卫着两个孩子退回到树林里。

小武还没有从恐惧中回过神来,他用颤抖的声音问妈妈:"那只金雕为什么没有抓走我和弟弟呢?"

"金雕!什么金雕?"小威朝着伏下身子的妈妈问道。

"哎!"斐蓝看着两个孩子,沉着嗓子说,"金雕是咱们的敌人。"

"他们会吃掉我们。"小武说,他瞟了一眼母亲,见她阴沉着脸,便立刻低下头。

"金雕是天空中的霸主,他们有着犀利的爪子和锐利的目光,能从很远的地方发现我们的踪影,所以看见他们就要远远地避开他们。"斐蓝说,刚才把小威拍落在地面上的金雕还是一只没有长大的孩子,要不然,小威的性命就难保了。

斐蓝说:"金雕有的穿着黑褐色的衣服,有的穿着金黄色的大氅。不管是哪种金雕,小的时候,衣服的颜色都很深,随着时间的推移,衣服的颜色会越来越浅。所以说,刚才那只金雕还是一个孩子,他还在学着飞行呢,要是……"斐蓝摸了摸两个孩子的头,"今后,遇见他们,可要躲得远远的。"

"为什么呀?"小威歪着头问。

"他们是危险的敌人,是凶悍的魔鬼。"斐蓝叹了一口气,说,"孩子们,你们要记住,在我们还弱小的时候,一定要远离危险。和危险较量,是需要勇气、忍耐以及相当的实力的。"

3. 陷阱

莫西西失踪了。

这个消息一传开,部落里顿时炸开了锅。最焦急的是莎莉,她拉着安安的手臂,详细地问了好几遍莫西西失踪的情形。"啊,天呐,那可怎么办?"莎莉捂着眼睛说,"我们的孩子不见了。"泪水顺着她的指缝流了下来。

"你不要担心,他只是贪玩,暂时没有回来而已。"莫羽昇安慰妻子说。

"不是的,安安说了,她听见西西叫救命了。"莎莉大声说。

众人围在莫羽昇一家人身边,七嘴八舌地谈论着,有见识的人通过安安说的情形进行了仔细的分析。"情况非常严重,这孩子多半是遇到不测了。""不会的,他多半躲起来和大家开玩笑呢。""他肯定是遇到什么危险了,啊,他一定是遇见狼了!"

"狼?!"莫羽昇的脸色变得难看起来。

第一个在领地边缘发现狼踪的便是莫羽昇。狼族的人虽然很少侵犯大熊猫,但都是对年富力强的大熊猫而言的;对于狼族来说,像莫西西这样的小孩子,是他们垂涎已久的美食。

"我苦命的孩子。"莫羽昇的双手都颤抖起来,他搂着妻子的肩膀,内心无比悲痛。

"这些都是猜测。"匆匆赶来的莫贝里拨开众人说,他望了一眼手足无措的儿子和儿媳妇,"眼见为实,耳听为虚,没有亲眼见到就妄下断言,是不对的。"

他沉声吩咐莫飞带领一组人,莫羽昇带领一组人,沿着安安说的地方分头前去寻找。看着众人离开,他慢慢地坐在椅子上。"但愿西西平安无事。"他低声祈祷。

第二天凌晨,莫羽昇背着莫西西回到了家里。

由于受到惊吓,安安已经无法清晰地记得莫西西失踪的地方了,她带着众人在箭竹林里转了好几个圈子。直到最后有人抱怨身子都弄脏了,该回去洗澡休息了,她才想起,莫西西是消失在一片开阔的草地里的,那是箭竹林的边缘,出了那片草地,就是狼族活动的范围了。莫羽昇的心提到了嗓子眼儿,这个不安分的小调皮蛋,老是惹出事来,不知道这一次是吉是凶?

找到莫西西的时候,他正躺在一个圆圆的深坑里打着呼噜。当时钻进草丛的时候,他看见一只灰色的小兔在草地上蹦蹦跳跳,"多么乖巧的小兔,毛茸茸的像个小球。要是能和小兔做朋友,大伙儿会多么羡慕我啊。"莫西西想。以前,躲在竹林里的竹鼠都远远地避开他,不愿意和他做朋友,老是玩捉迷藏的游戏,让莫西西很是不满。安安说竹鼠是破坏竹子的坏人,不和它们做朋友也没什么大不了,如果有小兔这样乖巧的朋友,一起做游戏,一起说说话该有多好。

"乖乖的小兔,我们做朋友,一起玩耍吧!"莫西西站起身子,张着两只胖乎乎的手掌,热情地和小兔打招呼。

在小兔的眼里,莫西西的体形是那么的庞大,看着他张牙舞爪地走过来,小兔可吓坏了,猛地一窜,蹦开了。莫西西还以为小兔和他做游戏呢,他跟在小兔的身后追了过去。小兔东一窜西一窜,很快消失在草丛里。莫西西怅然若失,他挠了挠脑袋,怎么也想不明白小兔为什么要躲着他。"难道它和竹鼠一样,是专门吃竹子的坏蛋,所以才躲着自己?"莫西西自言自语,"这么乖的小兔,才不会像竹鼠那样呢!"

他在草地上转着圈,寻找小兔的影子。突然,脚下一滑,身子向着地底落了下去。"大地沉陷了么?"他可是听爷爷说起过这事儿,莫西西心慌乱起来,不由自主地大叫"救命!"随着短促的呼喊,他重重地掉在了地面上。

莫西西惊惶地看了看四周,到处是黑漆漆的,屁股下面的泥土黏糊糊的,很潮湿。他揉着跌得生疼的屁股站起身来,摸了摸四面，除了泥土，再也没有其他的东西了。一丝亮光从头顶倾泻下来，他睁大圆圆的眼睛，看清楚了四面的环境：原来自己掉进了一个深深的土坑里。

"救命啊——"莫西西惊惶不安，他大声呼喊，声音在坑里回旋，闷闷地，上升到一半又掉落下来，震得耳朵嗡嗡作响。

"救命！"莫西西把手掌放在嘴边，形成喇叭状呼叫，但声音还是不听他的指挥，很快钻进四面的泥土里去了。

他颓然地坐倒在潮湿的地面。安安的声音渐渐近了，又渐渐远去，最后消失在耳边。四周静悄悄的，听不见一丝声响。"姐姐不要我了。"莫西西伤心地想。

夜幕降临了，头顶上最后一丝光亮也消失在黑暗里。莫西西流着泪，他想起了妈妈、爸爸、爷爷和安安。妈妈的怀抱真是温暖；爸爸老是板着脸，其实可爱极了；爷爷的课没有竹林里那么有趣，但要是现在听他讲课，该是多美好的事啊！哦，爱唠叨的安安，真是一个好姐姐。还有小伙伴，还有躲着自己的竹鼠……

莫西西抬起头，他看见夜空里的星星，它们眨着眼睛。这时候，草地上的虫子开始唱歌。莫西西靠在坑壁上，瞌睡在眼皮上打架。他打了一个哈欠，慢慢闭上了眼睛。

凌晨时分，莫羽昇和族人拨开草丛，发现了正在酣睡的莫西西。

"这孩子,还在睡着大觉呢!"

大家找来一根树枝,莫羽昇顺着树枝下到坑里,把莫西西抱了起来。"没有受一点儿的伤。"莫羽昇把不安的心放回到肚子里。

在族人的帮助下,莫羽昇背着莫西西回到地面。在众人的注视下,莫西西醒了过来。他看见了爸爸。

"爸爸!"他一把搂住爸爸的脖子。

"真是一个漫长的夜晚。"莫羽昇说,"你让我们担心极了。你的妈妈害怕你出了什么事呢。"

"我梦见妈妈、爸爸、爷爷和大家了。"莫西西盯着爸爸说。莫羽昇把儿子紧紧地搂在怀里。

众人很快回到了住处。

"那些陷阱是用来防备狼的。"爷爷对莫西西说,"你掉进去没有受伤,真是幸运。"

莫西西说:"一个人呆在里面很不舒服,孤单极了,我特别想念大家。"

"有了这一次的经历,西西会明白许多的事情。"莫贝里笑着对莎莉说。

4. 捕猎

牧云的飞行技巧一天比一天娴熟。变幻的云朵，强劲的风，锤炼着他稚嫩的翅膀，让它们变得坚强有力。牧云学会了滑翔、盘旋，甚至能在空中翻滚了。

"哦呜——"牧云伸展着翅膀，翱翔在空中。

脚下是一片广阔的世界。森林、高山，还有山尖的白雪，这些让他感到既新鲜又高兴。

雅伦看着儿子稳稳地站立在悬崖上，儿子的进步让她欣喜。下一步就该教会他如何狩猎了。"牧云，过来。"雅伦冷冰冰地说。

牧云迈着轻快的步子走到妈妈身边。"妈妈，我看见一头麋鹿了。"牧云一脸兴奋地说。

"孩子，你的目光真锐利。"雅伦拍了拍牧云的翅膀说。

"那头麋鹿的后面还跟着三头狼呢。"牧云说，"他们好像在做游戏。"

"那不是做游戏。"雅伦说，"那是狼在追赶麋鹿。"

"他们为什么要追赶麋鹿啊？"牧云好奇地问道。

"准确地说，狼是在追赶他们的食物。"看着一脸疑惑的牧云，雅伦说，"在森林里，生活着许许多多的动物，有些动物是吃素的，有些动物是吃荤的，为了生存，动物们就会把比自己弱小的动物当做食物。"

"啊，我知道了，吃荤的动物会把吃素的动物当做食物。"

雅伦满意地点点头："孩子，你真聪明。自然之神是公平的，他赋予每一种动物不同的本领，让它们都能在丛林里生存。为了生存，每一种动物都用各自的本领寻找食物。你知道咱们金雕有什么本领吗？"

"当然是飞啦！"

"是的，自然之神给了我们翅膀，就是要我们翱翔在天空，同时，他还给了我们一双锐利的眼睛和一双无坚不摧的爪子。"

"爪子？"牧云举起一只脚爪问道，"爪子有什么用处啊？"

"我们要抓住猎物，找到食物，就靠这双爪子。"雅伦说，"当食物出现的时候，你就要从空中俯冲下去，用锋利的爪子抓住它，用自己的尖喙啄食它。"

牧云跳起来，做了一个俯冲的动作，他锋利的爪子和坚硬的喙叩击着石头，发出铿锵的声音。雅伦对儿子的表现很是满意，多么聪慧的孩子。

"孩子，我希望你在实战中也有这样的表现。"雅伦赞许地说，"每一次的捕猎对于你来说，都会是一次考验，你一定要沉着冷静，不要错失机会，有时候错失了机会，也就会失去食物,甚至还会丧失自己的性命……"

牧云静静地听着母亲的话,嗯,要冷静,要把握每一次机会,要给猎物致命一击……

"记着妈妈说的话,只有练好本领,才能在丛林里生存下来。"雅伦从篮子里捡出一只捕获来的兔子扔下悬崖,"孩子,去练习你的本领吧!"

兔子在空中转了几个圈,带着呼呼风声朝着地面坠落。牧云高声呼叫着,张开翅膀,朝着"猎物"冲了过去。

斐蓝正带着孩子练习狩猎技巧。受到斐蓝致命一击的麋鹿失魂落魄地奔逃,小威甚至听见了麋鹿粗重的鼻息声。麋鹿大腿上的伤口冒着鲜血,浓烈的血腥味刺激着小威的鼻孔,一种特别的情绪充溢在胸腔。

"追上去,咬住它的脖颈!"斐蓝的声音鞭策着小威和小武。

"这是我的了。"一侧的小武瞟了一眼气踹吁吁的小威,得意洋洋地说。

"哼!"小威回应了一声,他不理睬哥哥,跳过一根长满青苔的枯树。麋鹿奔跑的速度越来越慢,小威大吼一声,扑了上去。

就在这时,小武的身子腾空而起,他的目标是麋鹿的脖颈。麋鹿脖颈上凸起的血管都已经能看得清清楚楚了。小武腾空一击,麋鹿看起来没有躲闪的余地。

"注意麋鹿的后腿!"

斐蓝大声招呼孩子们注意危险。话音未落,小武被麋鹿一脚踢得飞了出去。这一脚来得太突然,身子还在空中的小武连躲避的机会也没有,他像一只草袋一样,横着飞了出去,背部重重地撞在树干上。

但小威的一击也让麋鹿完全失去了力气,它跌跌撞撞地走出几步,小威的身体像一块巨石撞在它的腰腹上,顿时,麋鹿的肋骨断了几根。

"轰!"麋鹿倒在地上,口角冒出一丝丝鲜血,它看见那只叫小威的狼崽张着大口,露出白森森的牙齿,朝着自己奔过来。

小武被撞得七荤八素,眼冒金星。他努力站起身来,背部疼得要命。"麋鹿死了吗?"小武问站在身边的妈妈。

"瞧瞧你的弟弟。"斐蓝对大儿子说,"他是多么勇猛!"

小武抬起头,小威的两只前腿搭在麋鹿身上,嘴角满是鲜血。那头麋鹿的喉管已经被他咬开,鲜血从伤口处汩汩流出来,将地面染红了一大片。

小威舔了舔嘴角的血渍,麋鹿的鲜血有着一丝腥甜。他摇晃了几下脑袋,甩掉凌乱的毛发上的血珠,望向母亲和哥哥。

"这眼神多么像他的父亲叱林啊。"斐蓝想,要是叱林在这儿多好啊,他一定会为儿子的勇猛感到骄傲。

"妈妈,哥哥,你们快过来呀!"小威招呼道。

小武被弟弟威风凛凛的气势吓住了,他站在母亲身边,惭愧地低着头。

"过去吧,孩子,新鲜的血液能很好地补充体力呢。"斐蓝温柔地对小武说。小武望了望弟弟,见他热情地招呼着自己,也不再想什么,欢快地跑了过去。

5. 洗澡

儿子平安回来,让莎莉高兴坏了。她搂着莫西西亲了又亲。这让莫羽昇很不满意:"瞧瞧,你都把他惯坏了。"

"他是我的宝贝呢!"莎莉说。她准备着温水,准备给莫西西洗一个澡。"他身上的泥土都有一指头厚了。"

这一次,莫西西不再固执地坚持了,他温顺地钻进澡盆里,让妈妈为他搓洗身上的泥垢。安安刮着他的鼻子说:"羞羞,都这么大了还要妈妈洗澡。"

"洗澡澡。

左搓搓,右搓搓。

小脚丫,小手掌,变得干净了……"

莎莉哼着歌谣,把泥垢一点一点从莫西西身上洗掉。

"洗完澡,你就不会那么丑了。"安安说。

慢慢地,莎莉的眼神变得奇怪起来。莫羽昇张大了嘴,眼睛一动也不动地瞅着莫西西,过了许久,他才回过神来。

"哦,天呐!"莫羽昇拍了拍脑门,喃喃地说,"原来他,他是……棕色的……"

"棕色的有什么不好呢?"安安用羡慕的眼光看着莫西西,又看了看自己,"比我的毛发好看多了。"

莎莉突然捂着眼睛,呜呜地哭了。

莫羽昇叹息了一声,瞅了母子俩一眼,低着头,走出了屋子。

莫西西和安安惊诧地看着父母。"他们是怎么了?"莫西西问。

安安不解地摇着头。

"我的孩子,可怜的孩子……"莎莉轻轻擦去眼角的泪水,望着安安和莫西西说,"安安,你不要告诉别人,弟弟长着棕色的毛发。"

"棕色的毛发很漂亮啊!"安安说,她的眼睛里充满了疑惑。

"也没什么不好啊……"莎莉想了想,不知道该怎么给孩子解释,"棕色,棕色和大家都不一样呢。总之,你不要说出去,否则大伙儿会笑话弟弟的。"

安安不理解妈妈为什么这样说,但还是点了点头。

莫羽昇迈着沉重的步子来到父亲的屋子里。莫贝里正在摆弄做法事的竹鼓。莫羽昇看着父亲,年迈的父亲已经不再灵活,他的每一个动作都那么的迟缓。

"你都知道了?"莫贝里放下手中的活,盯着满腹心事的莫羽昇说。

"西西是一只棕色的熊猫。"莫羽昇说,"棕色的。"

"你没有做到一个称职的父亲该做的。"莫贝里说,"至少,你没有关注自己的儿子。"

莫羽昇望着父亲说:"父亲,你其实早就知道,西西不是一个普通的孩子。"

"是的。"莫贝里埋下头说道,"我很早以前就知道西西是棕色的熊猫,但我隐瞒了这个秘密。"

"甚至,连他不爱干净,我也没有过多地管教。"

莫羽昇瞪大了眼睛,他不敢相信父亲会说出这样的话来:"难道预言不是真的吗?"

"预言关涉未来的事,这其中还有许多无法预测的事情会发生。"莫贝里说,"怎么能用不可预测的未来就放弃一个生命呢?"他长长地叹了一口气,"毕竟,西西还是我的孙子呢!"

"这可是关系到部落存亡的大事情。"莫羽昇焦急地说。

"命运最奇妙的地方就是无法预测和把握。"莫贝里慢悠悠地说,"万能的自然之神会保佑部落平安的。"

"做一个好父亲吧!"莫贝里看着莫羽昇沮丧地走出去,大声说。

洗了澡,莫西西身上臭烘烘的气味消失了。"原来洗澡挺舒服的。"躺在床上,莫西西想。他只是有些奇怪,为什么洗澡的时候,爸爸会那么不安,妈妈会哭泣呢?但他想不了那么久,在深深的土坑里待了一晚上,真是太困了。

"西西,你的毛发真好看。"安安挨着莫西西,悄悄在他耳边说。

"好看吗?"

"你和我们都不一样呢!"安安说,"要是我也是棕色的就好了,可惜妈妈不让我告诉大家。"她很想和莫西西分享一下自己的想法,却听见莫西西的鼾声响了起来。

"他太困了。"莎莉走过来,抱起安安说,"让他好好睡一觉吧!"

安顿好两个孩子,莎莉皱着眉头坐了下来。以前都没有看出来莫西西的毛发是棕色的,她想,自己真不是一个称职的妈妈。

一直以来,莫西西的毛发都是灰扑扑的,很不干净的样子,不像其他孩子有着黑白分明的毛发。和大家一样,莎莉忽略了最重要的地方。刚出生的时候,莫西西是那么的孱弱,等稍微大一点儿,他整天和孩子们在地上游戏、打滚,一身稀稀拉拉的毛发都被尘土遮盖了。

"男孩子嘛,调皮一点没什么。"莎莉对丈夫说,"他和大家玩耍,身体才长得棒。"

莎莉对莫西西的宠爱,让莫羽昇一点儿办法也没有,但连父亲莫贝里也对莫西西很迁就,却让他有些想不通。"是啊,男孩子调皮捣蛋没什么大不了的。"他对自己说,"我小时候不也是这样的吗?"

这一次,莫西西掉进了陷阱里,莎莉和莫羽昇给他洗了澡才发现:莫西西在一天天地长大,他身体上的特征显现出来了——他是一只棕色的熊猫!

古老的预言一直是部落族人们的禁忌。预言里,棕色熊猫的诞生就是灾难的开始。现在,这个棕色的熊猫竟然就是自己最爱的孩子。莎莉的心都快碎了。

莎莉想:要是莫西西不是一只棕色的熊猫该有多好。都怪那个令人头疼的预言。

"不管怎么样,西西始终是我的孩子。"莎莉怜爱地看着睡得正香的莫西西说道。莫西西正做着美梦呢,睡着的时候都在笑着。莎莉叹了一口气,低声说:"孩子,妈妈始终都会陪在你的身边。"

她站起身来,看见丈夫拖着沉重的步子回来了。莫羽昇没有进门,他一脸阴沉地站在门口,望了望妻子和睡梦中的莫西西,转过身走到屋外的石桌旁坐下来。"他的心里也不好受。"莎莉想,她慢慢踱到丈夫身边。

"父亲很早以前就知道莫西西是一只棕色的熊猫。"莫羽昇说,"他一直瞒着我们,也瞒着大家。"

"他一定有什么苦衷。"莎莉把手放在丈夫肩头说。

过了许久,莫羽昇才说:"这孩子,今后不知道会有多少烦恼等着他呢!"

第三章

1. 爽身粉

尽管被妈妈用爽身粉"改变"了一下毛发的颜色,莫西西的"身份"还是暴露了。

美美地睡了一觉,莫西西感觉身子都轻了好多。"啊,真是太舒服了!"他伸着懒腰,打着哈欠说。

妈妈整理着自己的化妆品,安安偷偷拿起一只眉笔,在眼圈上勾画。

"臭美。"莫西西对姐姐说。安安噘着嘴,哼了一声,掉过头,不理睬他。

莎莉拿着爽身粉走过来,要往莫西西身上擦,莫西西扭着身子,叫嚷道:"我才不要,我是男孩子,才不要化妆。"

"这不是化妆,是让身体很舒服的爽身粉。"莎莉抓住莫西西的胳膊,"这是竹粉做成的,可香啦!"

"我也要,我也要。"听见妈妈说,安安放下眉笔,凑过来。

"我不要,给姐姐擦好了。"莫西西躲避着妈妈的手。

莎莉按住莫西西说:"竹粉做的爽身粉擦在身上既舒服又美观,小朋友们都很喜欢。"

"我是男子汉,不是小朋友。"

"竹粉做的爽身粉最好了,好多小朋友家都没有。"安安从妈妈手里抓起一把爽身粉,边抹边说。

"真的吗?"莫西西不相信姐姐的话,偏着头问。

安安把爽身粉拍在脸上:"当然啦,上一次,菲菲擦了爽身粉,好多小朋友都问她要呢!"

莫西西不再挣扎,让妈妈给自己抹爽身粉。

莫羽昇看着莎莉折腾,无奈地摇了摇头。

擦爽身粉是莎莉用了一晚上才想出来的"妙计"。竹粉做成的爽身粉擦在莫西西身上,让莫西西看起来颜色灰扑扑的,大家就会忽略他的毛色了。莎莉为自己的这个想法感到得意。

"这不是欲盖弥彰吗?"莫羽昇看着两个孩子蹦蹦跳跳地跑去教室,回过头对妻子说。

"有什么办法呢?"莎莉搓着手说,"希望没人能看得出来。"

进教室的时候,莫西西问姐姐:"菲菲也擦爽身粉吗?"

"骗你干嘛?"安安瞟了一眼莫西西,走向座位。"可香了。"她低声说。

莫西西的心跳得厉害。我也擦了爽身粉呢,菲菲肯定会喜欢自己。他慢腾腾地走到菲菲身边坐下。

"真香!"菲菲大声说。莫西西不好意思地低下头。菲菲凑过来，在他身上闻了闻："啊，你擦了香水？"

"没有。"莫西西抬起头对菲菲说，"我擦的是爽身粉。"

"你擦了爽身粉？"菲菲瞪大了眼睛。

你擦爽身粉，我也擦了。莫西西暗暗想，这样你就再也不会嫌弃我臭臭的了。

"你可是男孩子啊。"菲菲说。她抬高声音，对大家说，"快来看，莫西西擦了他妈妈的爽身粉！"

大伙儿一听，都围了上来。莫西西有些得意，但他感觉有些不妥，怎么大家的眼神都怪怪的呢，不就是擦了爽身粉吗，有什么大惊小怪的？

"莫西西擦爽身粉了。"

"嗷，男孩子变女孩子了。"

"也不害臊，擦妈妈的爽身粉。"

……

大家七嘴八舌，好几个孩子还凑上前来，用鼻子闻莫西西的身子。听了大家的话，莫西西脸都红了，他低着头，恨不得找个地缝钻进去。

"擦爽身粉有什么了？"安安过来给弟弟解围。

"当然不一样了。"一个男同学擦了一下鼻涕说，"女孩子才用爽身粉。"

"莫西西变成女孩子了！"大伙儿哄笑着说。

"才不是呢！"安安急了，她大声说，"是妈妈给他擦的。"

"真是奇怪，怎么要给男孩子擦这些东西呢？"

"有什么好奇怪的，西西是一只棕色熊猫……"安安话没说完，突然闭了口，她吐了吐舌头，"糟糕，我把妈妈的话忘记了。"

"棕色熊猫？"

"莫西西是棕色熊猫？"

孩子们都不再说话，用怪异的眼神看着莫西西，仿佛不认识他似的。

"原来他妈妈是要盖住他身上的颜色。"一个男孩子恍然大悟地说。

莫西西再也忍不住了，他站起身拨开众人，冲出了教室。孩子们看着他的身影不知道说什么好。

安安啐了那个男孩子一口，急匆匆地跑出教室去追赶弟弟。

2. 棕色的大熊猫

莫西西是棕色熊猫的事情很快传遍了整个部落，大伙儿议论纷纷。到傍晚的时候，莫西西的家门口就聚集了一圈人。

"老莫，你们家莫西西真是棕色熊猫？"

"你们也太不厚道啦,这种事能瞒得了吗?"

"可不是嘛,群众的眼睛可是雪亮的。"

"就是,就是,瞒得了一时,瞒不了一世。"

……

众人七嘴八舌,指责莫羽昇和莎莉,不该把莫西西是棕色熊猫的事实隐瞒不报。"棕色熊猫会给部落带来灭顶之灾啊!棕色熊猫就是灾难的源头。"菲菲的爸爸莫达一本正经地说。

众人纷纷点头。

"一直以来,我们熊猫家族都是黑白色的,棕色的熊猫就是异类。"莫达说,"异类降世,这不是灾难是什么?"

"那该怎么办呢?"

"还能怎么办,最好是把他赶走,免得祸害大家。"

莫羽昇和莎莉面面相觑,不知道说什么好。"话不能这样说。"莫飞走了出来,他看着众人说,"这件事难道大伙儿都没有一点责任吗?"

"棕色熊猫可是莫羽昇和莎莉的孩子。"莫达说,"是他俩隐瞒了这个真相,和大伙儿有什么关系?"

"莫西西是大家一天天看着长大的,难道这几年大家都没有看出来他是棕色的吗?"莫飞反驳道。

听了莫飞的话,众人都沉默起来,是啊,大家都是看着莫西西长大的,可一直没有发现他的毛发是棕色的。

"莫羽昇和莎莉肯定知道真相,他们不愿意把真相告诉大家,所以大家不知道。"莫达想了想说。

"没有,我们不知道……不知道这些。"莫羽昇的语气显得软弱无力。

"大家不要责怪老莫两口子,他们如果知道,怎么会不告诉大家呢?再说了,如果莫西西真的是带来灾难的棕色熊猫,未卜先知的族长一定早就知道了。"莫飞背着手说,"你们不相信他们俩,还不相信族长吗?"

众人听了这话,纷纷点头。"都散了,回家去休息吧!"莫飞挥着手说,"西西还是孩子呢,别吓着了他。"

大家小声议论着,三三两两地离开了。

"谢谢你。"莎莉对莫飞说。

"西西真的是棕色熊猫吗?"莫飞看着莫羽昇和莎莉问,见他俩都不说话,摇了摇头说,"如果真是那样,可就麻烦了。"

听着众人的议论,莫西西伤心极了。

"我真的是灾难吗?"他望着妈妈,眼里满是泪水。

莎莉心疼地搂着莫西西,"啊,你怎么会是灾难呢?"

"可大家都说棕色熊猫是灾难呀。"莫西西看着身上的毛发说道,"我的毛发就是棕色的。"

"你是我的孩子。"莎莉吻着莫西西的额头说,"棕色也是美丽的颜色,是万能的自然之神赐予你的最宝贵的礼物。"

"我还想有你这样漂亮的毛发呢!"安安说。

莎莉看了安安一眼,安安连忙闭上了嘴巴。

在莎莉的安慰下,莫西西进入了梦乡。梦里,他仿佛回到白天课堂上那一幕。菲菲和众人围在他的身边,像看怪物一样盯着他,让他喘不过气来。"我不要爽身粉。"他说,"我不是棕色的熊猫。"

莎莉和莫羽昇看着睡梦中尖叫的儿子,都默然不语。哦,我可怜的孩子。莎莉的眼泪都快流出来了。莫羽昇满腹心事地皱着眉头。稚嫩的孩子,伤心的妻子,他都不知道该安慰谁了。

"我出去走走。"看着莎莉抚摸着莫西西睡觉,莫羽昇轻轻地说。

月光真是皎洁,把柔和的光芒洒下来,像是铺了一地的银子。莫羽昇走到大白石上坐下。乳白色的雾气在山谷里飘荡,像没有找着家的孩子。河流吟唱的声音远远传来,衬托着森林的静谧。莫羽昇抬头望着夜空,月亮在慢慢地行走,星星眨着眼睛,又似乎在悄声地说着话。莫羽昇没有心情欣赏这美丽的夜色,也没有心思去听星星们的话语。他的心情糟糕透了。

"要是西西不是一只棕色的熊猫该有多好。"他说。

"西西是一个健康的孩子。"

不用抬头,莫羽昇就知道是父亲来了。

莫贝里拄着竹杖,他老了,背脊比以前更加弯了,站在大白石上,像一张弯弓。莫羽昇觉得鼻子发酸。

"我老了,看什么都不太清楚了。但你还年轻,能看清楚很多东西。这个世界上,没有什么比亲情更重要的了。"莫贝里看着脚下笼罩在云雾里的森林说,"西西始终是你的孩子,是我的孙子。"

他缓缓地转过身,盯着莫羽昇说,"不管他的未来如何,我们都有责任保护他、关心他,让他健康快乐地成长。"

"是的,父亲。"莫羽昇低声回答。

莫贝里盘腿坐下。他放下手中的竹杖,闭上双眼。莫羽昇知道他想安静一会儿,便悄悄地走开了。

3. 小山猴跳跳

"爽身粉"事件后,莫西西在学校里再也没有朋友了。以前,男孩子们还和他嬉戏玩耍,菲菲虽然老抱怨他身上有怪味,但毕竟还和他说话。但现在,大家都不和他玩游戏了,不和他说话了,还纷纷躲着他。

"就因为我是棕色的熊猫,大家都把我当成了怪物。"莫西西想。他伤心难过,上完课就静悄悄地离开。安安跟了几次,他也爱理不理,安安就不再跟着他了。

莫西西独自一个人到丛林的深处去。路边的野花开了,发出浓郁的香味,蝴蝶翩翩起舞,采着花蜜,但莫西西却没有追逐它们的兴趣。他来到小溪边坐下,四周静悄悄的,清亮的溪水潺潺流动,他的影子倒映在水中。

"讨厌,讨厌!"莫西西大声说,他捡起一根树枝狠狠地砸在水中的倒影上,水花溅起来,打湿了他的毛发。很快,树枝随着流水走远了,他的影子又出现在水中。"我讨厌棕色。"莫西西哭着想,要是没有棕色的毛发,菲菲说不定还会和自己成为好朋友。

"棕色有什么不好?我也是棕色的。"一个声音说。

莫西西吓了一跳,他止住哭声,擦了擦眼睛,朝着四周看了看,没有一个人啊。"难道是我的影子在和我说话吗?"他盯着水面,影子也盯着他看。

"怎么不说话了?"他想,真是奇怪。他挠了挠脑袋,水面上的影子也挠着脑袋。

"啊，原来不是影子在说话。"莫西西觉得影子学着自己的动作是很有趣的事，他把学校的不愉快放在一边，扮着鬼脸和影子做游戏。

"嘻嘻，真是太有趣了。"他想，没有小伙伴和自己玩耍，不是可以和自己的影子玩耍么？

"又哭又笑，真不害臊。"那个声音又说。

莫西西这次是真的被吓住了，他跳起来，大声问："你是谁？"除了流水细微的声响，四周安静极了。莫西西转动身子仔细察看，那个说话的家伙一定是躲在什么地方了。不远处，一丛茂密的肾蕨里似乎有东西动了动，对，肯定藏在那儿了。他从地上捡起一根树枝，慢慢朝肾蕨走过去。

突然，水里发出"噗通"的声响，他急忙转过头，一根柔软的藤条从头顶垂挂下来，藤条的一端正好砸在溪水里。

"别找了，我在这儿呢！"

"原来在头顶上啊。"莫西西想。他顺着声音看上去，一个穿着棕色衣服的家伙正顺着藤条滑下来。

莫西西不敢相信自己的眼睛，原来还有和自己颜色相近的人。奇怪的是，那个家伙长着一条长长的尾巴。

"我叫跳跳。"那个家伙眨着圆溜溜的大眼睛，笑嘻嘻地对莫西西说道。

莫西西还没有回过神来,那个叫跳跳的家伙挂在藤条上,晃晃荡荡,好像要掉下来的样子。"小心,别掉进水里了。"莫西西说,他扔掉手里的树枝,招呼跳跳快下来。

"你的心肠倒好。"跳跳嘻嘻一笑说。他灵活地在藤条上爬上爬下,"瞧,我才不会掉下去呢!"

跳跳像表演杂技一样,在藤条上来来回回爬了好几趟,才跳下来。他伸出细长的手臂说:"嗨,我是小山猴,大伙儿都叫我跳跳。你叫什么名字?"

4. 约定

斐蓝和两个儿子带着麋鹿回到部族,立刻引起了族人的注意。自从狼王叱林失踪后,很长一段时间里,斐蓝都没有捕获到这么肥硕的麋鹿了。

"她的运气还真不错。"

"以前靠丈夫,现在得自食其力,不然两个孩子怎么养活呀?"

"真是妇人之仁,以前叱林在的时候,她可也没给你好脸色看啊!"

"就凭她也能抓住这么大的麋鹿?说不定是哪一个相好的帮忙,才……"

听着族人的议论,斐蓝心中的怒火熊熊燃烧,但她紧咬着牙齿,努力不让自己的怒气爆发出来。是的,叱林走了,孩子尚幼,动怒只会让生存的环境更加糟糕,口是祸根源,舌是斩身刀,为了一时之气,逞口舌之利,即便快意了,引起众怒,对自己和孩子都没有好处。"我要忍!"斐蓝告诫自己,小武和小威是叱林的孩子,他们的身上流淌着狼王的血液,只有他们——哪怕是其中的一个成为狼王,才对得起叱林对自己的深爱。

"孩子,要沉住气。"她安慰两个孩子,"别人是嫉妒我们,才会讲我们的坏话。"

小武和小威看着妈妈严肃庄重的表情,虽然不知道妈妈为什么要忍受这样的污言秽语,但还是懂事地点了点头。

母子三人抬着猎物向家里走去,这时,刀疤拦住了它们,他扫了一眼斐蓝和两个孩子,围着猎物转了一圈,喑哑着嗓子说:"斐蓝,难道你连规矩也忘了吗?"

按照狼族的规矩,除了狼王和狼后能够享用肥美和完整的猎物,其他狼捕获的猎物都必须拿来进行分配。

斐蓝仰起头,看了看不怀好意的刀疤,说:"我是狼王叱林的妻子,有权利处置自己的猎物。"

刀疤冷笑一声:"狼王?叱林还是狼王吗?他现在在哪儿

呢？"他一只脚踏在麋鹿的头上，慢悠悠地对斐蓝说，"现在，我才是狼王！你的猎物只有我才有权利进行分配，这胸肚上的肉是大伙儿的，四条腿肌是长老们的，这个鹿头是你和两个孩子的。至于鲜嫩的内脏，那是对我狼王的一点儿小小的供奉。"

小武和小威气愤极了："凭什么这么分配？这可是我们捕获的猎物。"

"有本事自己抓去。"小威盯着刀疤道。

"小兔崽子，你有什么资格和狼王这么说话？"刀疤眼里冒着红光，恶狠狠地说，脸上的疤痕都快要拉到下巴上去了。

"你又有什么资格说自己是狼王？"斐蓝拉住两个激动的孩子，鄙夷地对刀疤说，"我看你是自封的吧！"

"就凭我脸上的这块伤疤！"刀疤骄傲地说，"当年，我打猎受了伤破了相，才变成现在这副模样，要不然叱林也有资格坐上狼王的宝座？"

斐蓝淡淡地说："如果我没有记错的话，你那道伤疤是为了和人争抢食物，被人家打伤的。"

听了这话，众人都笑了起来，那些害怕刀疤的狼也捂着嘴在一边偷偷乐呢。见斐蓝揭了自己的短，刀疤的脸一下子红了，他露出尖利的白牙，猛地一把将毫无防备的斐蓝扑倒在地。"多嘴多舌的婆娘,你以为你还是狼后?现在我才是狼王,我才是部落的主人,啊——"

刀疤的话还未说完,脖颈和后腿突然感到剧痛,他回过头来一看,原来是小武和小威同时发动了进攻,一个咬住了他的后颈,一个咬住了他的大腿。

"不知好歹的小家伙,也敢和我狼王作对?"刀疤放开斐蓝,只见他耸肩蹬腿,小武和小威像两颗弹丸一样翻滚了出去。

小威在地上打了一个滚儿,马上站了起来,面对刀疤,嘴里发出呜呜的叫声。小武背部带伤,这一下摔得可不轻,好一会儿才站起身来。

"我看你们是找死!"刀疤眼里闪着寒光,背脊上的毛根根竖起。斐蓝知道,这是刀疤进攻前的准备,这一击,将有若雷霆,无论是小威还是小武都无法承受。她倏地站起身来,挡在刀疤的面前,厉声说:"刀疤,部族的规矩你难道忘记了?有本事的话就在格斗场上真刀真枪地战斗!"

"真刀真枪?"刀疤哈哈大笑,他望了望周围的族人,知道今天要收拾母子三人是不行了。"那就格斗场上见吧!"他指了指小武和小威,"是他们一起上,还是单打独斗?"

"就我和你。"小威冷冷地说。刀疤盯着他的眼睛,慢慢转过身子,说:"那就格斗场上见吧。"然后指挥手下的小喽啰扛着麋鹿扬长而去。

格斗场,是争夺狼王宝座的地方,也是狼族祭拜先祖和自然之神的圣地。多年来,无数族人为了狼王的宝座而血洒格斗场。在那里,没有怜悯,只有生命之力的较量;也没有失败,失败者的躯体会成为祭祀的供奉。

在格斗场,斐蓝见证了叱林成为狼王的艰辛。那一年,部族里六只强壮的公狼都觊觎狼王的宝座,他们互相攻击,用利齿撕咬对方的脖颈。凭着矫健的身姿和强大的力量,叱林先后击倒了三头公狼,但他没有用尖牙利爪撕开他们的胸膛和脖颈。站在对手的面前,他平和慈爱的目光再一次让对手心悦诚服。就在他松懈的时候,咬死了对手的那头公狼偷偷绕到叱林的身后,袭击了他。鲜血从叱林的脊背喷涌而出。站在远处的斐蓝吓得手足无措,她尖声惊叫。叱林倒在了地上,他看见了斐蓝关注的目光,面对偷袭者,突然充满了勇气,一股强大的力量促使他站起来,一掌将偷袭者打趴在地上。

"孩子,这个人就是刀疤的父亲。"斐蓝说,他虽然失败了,但你们的父亲并没有杀死他,将他放走了。"不久,刀疤的父亲就去世了。从那以后,刀疤一直在积蓄力量,想要替代你们的父亲成为狼王。但你们的父亲是狼族里最伟大的狼王,受到众人的尊敬,刀疤的阴谋无法实现。哎,没想到你们父亲失踪后,他又开始兴风作浪了。"

"我要击败刀疤,成为狼王。"小威对妈妈说。

斐蓝的眼里闪烁着明丽的光芒。她拥吻着儿子。

"我也要成为狼王,杀死刀疤,为妈妈报仇。"舔着鹿头的小武抬起头,认真地说。

斐蓝心里一颤,但她没有再说什么,只是紧紧地把两个孩子抱在胸前。

5. 新的族长

阳光下,莫西西的影子又细又长。

"可怜的孩子,他的心里面装着满满的事呢。"看着莫西西垂头丧气地走进竹林里,莫贝里想。进入夏天以后,他的身子一天不如一天,走路太快了都接不上气来,还老是咳嗽。他咳嗽的样子让见到的人都为他担心,生怕他会把肺咳出来。

"我活得太久了,自然之神都不满意了。"莫贝里对莫羽昇说,"嗯,好像眉毛全部都变成白色的了。"早晨起床的时候,莫贝里发现好几根眉毛掉在床上。

莫羽昇看着年迈的父亲,不知道说什么好。莫飞端着一罐蜂蜜走进来。

"蜂蜜是治疗咳嗽最好的药物了。"莫飞边说边小心翼翼地把蜜罐放在桌上。

"我怎么能收你的礼物呢？"莫贝里喘着粗气说，"这份礼物真是太贵重了！"

"族长是大伙儿的希望，只要能治好您的咳嗽，比蜂蜜更好的药物大伙儿也会去寻找来的。"莫飞动情地说。

"咳嗽可没什么，老毛病可是不好治的。"莫贝里说，他望了望儿子，又细细地端详了一会儿莫飞。

"你去看看西西吧。"莫贝里用颤巍巍的手指了一下莫羽昇，说，"多和他说说话。"

莫羽昇知道父亲有话要对莫飞讲，他点了点头，慢慢地退了出去。

"我老了。"莫贝里说。他的话让莫飞感到难受，想安慰安慰老族长。莫贝里说，我知道你要说什么，现在听我把话说完吧！

莫飞闭上嘴巴，垂着头聆听莫贝里的话语。

"每一个人都会老去，这是自然之神的安排。"莫贝里叹了一口气说，"我的职责也将随着肉体的消失而终止，但，族人还将继续生活下去。必须有一个人带领着他们，一起去面对未来的挑战……"说到这里，他又开始猛烈地咳嗽。

莫飞慌忙给他递上一杯蜂蜜茶，看着他喝了下去。"啊，咳嗽真是折磨人的毛病。"莫贝里低下头颅，说。

"老族长，您太累了，需要安静地休息。"莫飞说。

"我的话还没有说完。"莫贝里调整了一下急促的气息，缓缓说道，"多年来，我一直都在寻找一个合适的人来担负这个重大的责任。"莫飞全神贯注地听着老族长的话，他知道，老族长是要交代新任族长的事了。

"我觉得莫羽昇是最合适的人选。"莫飞建议说，"他非常勇敢，是族人爱戴的战士。"

莫贝里笑着摇了摇头，说："作为部落的首领，不仅仅需要勇敢，更需要智慧和拥有一颗仁慈的心。"

"现在，这个人我已经找到了。"莫贝里接着说。

莫飞的手心里都冒出汗水了，"那么，谁最合适呢？"

"这个人就是你。"莫贝里望着莫飞的眼睛说。莫飞急忙摆手，说："老族长，我可不行，我……"

"过来，孩子。"莫贝里说，他的话语坚决而有力，莫飞走到他身边，蹲下身子。

莫贝里摸着他的头说："选中了你，不是我一个人的决定，而是部落的决定，更是自然之神的选择。你经受住了考验，是一个优秀的首领。"

莫飞哽咽着说："可是，可是族人们离不开您啊！"

莫贝里把法器放在莫飞手中,说:"孩子,从现在开始你就是族长,肩上的责任更加重大,你要好自为之。"

莫飞眼里含着泪水,双手捧着法器,说:"我会听从自然之神的安排,让部落繁荣昌盛。"

"我现在最担心的是西西了,这个孩子……"莫贝里闭上眼睛,说,"阿飞,哦,不,是族长,你该去做你该做的事情了。"

莫飞恭恭敬敬地从莫贝里的屋子里退了出来。他捧着老族长交给他的法器,走上大白石,族人们都安静地看着他,眼神里充满了尊敬和期待。

"万能的自然之神,请您赐予平安,降福于风车峡谷的熊猫部落吧。"莫飞望着远处的雪山,默默地祈祷。

第四章

1. 好朋友

莎莉对莫贝里的安排很不理解,她觉得父亲应该把族长这个神圣的位子让给莫羽昇。"你可是他的儿子啊!"莎莉抱怨说,"再说了,你一点儿也不比莫飞差。"

莫羽昇的脸色很难看,妻子的唠叨让他感到心烦意乱。"莫飞才配成为族长,他可比我强多了。"他说,"父亲的安排是正确的,这也是自然之神的安排。"他告诫妻子,不要违背父亲的意愿和神灵的安排。

见丈夫这样说,莎莉无奈地叹了一口气,过了一会儿才说:"西西,我可怜的孩子,他该怎么办呀?"

这天,小山猴跳跳准时出现在小溪边。他见莫西西一副垂头丧气的样子,想要好好玩一场的兴致也没了。"天呐,你的脸都变成豆荚了。"他对莫西西说。

莫西西用手托着腮想,脸才不会变成豆荚呢!

"你一定是遇到什么难题了,能不能给我讲讲?"跳跳说。

"我很不开心。"莫西西低声说。

"你把我当做朋友吗?"

"你是我的好朋友。"

"那就太好了！"跳跳开心地说，"那么你就把不开心的事和我分享吧！"

"好的事情才和朋友分享呢！"这句话可是姐姐告诉给莫西西的，不开心的事怎么能和好朋友分享呢？

"好的事情一起分享，是一种快乐；不开心的事情说出来，朋友会帮你分担。"跳跳一本正经地说，"你把不开心的事情讲给我听，说不定我会带走你的忧愁，你就不会那么苦闷了呀！"

莫西西望着跳跳："是真的吗？"

跳跳拉着他的手说："我可是你的好朋友。"

莫西西说："我是一只棕色的熊猫。"

"棕色的衣服有什么不好吗？"跳跳好奇地问，"我也是棕色的小山猴啊！"

"大家说棕色会带来灾难。"莫西西都快要哭了，"我真的是灾难吗？"

跳跳大笑着说："真是胡说八道，你可是漂亮的熊猫呀，怎么会是灾难呢？"

"我说的是真的。"莫西西生气地说，"你怎么笑话我呢？"

跳跳咯咯吱吱地笑着说："你的族人都有着奇怪的想法，

我就不这么看，衣服的颜色与众不同难道不是一件很好的事情吗？我要是有黑色或者白色的衣服，那可就要骄傲了。嗯，最好是金黄色的衣服……"

跳跳唠唠叨叨地说个不停，莫西西想，跳跳真是一个健谈的朋友，而且他的想法跟自己有时候是一样的，这真是一件值得高兴的事情。莫西西决定把棕色是灾难的事放在一边，妈妈不也说了嘛，棕色可是最漂亮的颜色了。爷爷在课堂上说什么来着？哦，是个性。

莫西西把这些想法说给跳跳听，跳跳不停地点头。两个孩子坐在一起，叽叽喳喳地说个不停，很快，关于衣服颜色的问题慢慢变成了蝴蝶，变成了蘑菇、箭竹、好看又好吃的水果……

"说起水果，我的肚子都开始叫唤了。"跳跳说，"我在树上放了许多水果呢，咱们一起吃吧！"

这个傍晚，莫西西吃到了至少五种不同颜色的水果，那些水果是以前见都没有见过的，更别说吃了。它们的味道也不一样，有酸酸的，有甜甜的，还有一种闻起来、吃起来都像妈妈的乳汁一样的果子……

吃着水果，莫西西看着一脸笑容的跳跳，觉得有朋友真好。

2. 爷爷去了天堂

莫贝里爷爷好些天都没有来给孩子们上课了,孩子们都很担心。

"爷爷咳嗽得很厉害。"菲菲托着胳膊说,"哎,他快不行啦!"

"怎么能这样说爷爷呢?"孩子们都很气愤,围着菲菲,纷纷指责她。菲菲吓坏了,小脸发白。"这不是我说的,是,是爸爸说的。"她结结巴巴地说。

"你爸爸老是乱说话。"

"乱说话的人嘴巴会坏掉的。"

……

菲菲瘪着嘴,可怜兮兮地低着头,泪水在眼眶里滚来滚去。"不要再说她啦,她说得没错。"安安站出来说,她皱着眉头,低声告诉大家,爷爷生了病,咳嗽得厉害,连眉毛都咳得掉了好多。

大伙儿听了安安的话,不再指责菲菲。"这真是一个让人伤心的消息。"孩子们都像被霜打了的树叶,坐在座位上小声地谈论着爷爷的身体状况。甚至连新族长莫飞走进来,大家都没有停止议论。

"孩子们，你们不要担心。"莫飞说，"莫爷爷只是有些咳嗽，吃了蜂蜜，很快就会好起来。"

孩子们都将信将疑地望着莫飞。

"族长，您说的是真的吗？"一个孩子问。

"当然是真的。"莫飞说，"你们担心爷爷是对的，但爷爷最大的愿望就是要你们好好学习功课，你们不会让他失望吧？"孩子们大声回答说："不会让爷爷失望！"

从这一天开始，老师由爷爷换成了新族长莫飞。

晚上，正准备睡觉的莫西西被父亲叫了起来："爷爷想和你谈谈。"莫西西揉着眼睛，父亲的脸色看起来很沮丧，腮边似乎还有眼泪爬过的痕迹。

爸爸这是怎么啦？莫西西一边想，一边跟着父亲来到爷爷住的屋子里。爷爷躺在床上，屋子里除了父亲，还有莫飞。

莫飞看了一眼莫西西，朝着他点了点头。莫西西不太喜欢莫飞，他看起来总是那么严肃，让人感到害怕。"你们出去吧，我……我想和孩子谈谈。"莫贝里说。

莫飞和莫羽昇互相望了一眼，走了出去。莫贝里向莫西西招了招手，示意他到自己身边来。

爷爷的脸很瘦，皮肤软塌塌的，眼睛里没有一点儿光彩。看着爷爷的样子，莫西西心里难受极了。莫贝里伸出枯瘦的手，抚摸着他,过了好一会儿才慢慢地说:"孩子,我要到另外一个世界去了。"

莫西西瞪大了眼睛:"另外一个世界?那里有竹笋吗?"

"不但有竹笋,还有蝴蝶呢,森林里的许多东西都有。"莫贝里笑着说,"而且,还可以和星星一起聊天呢!"

"啊,还有这样一个美丽的地方?"莫西西眼里充满了惊奇。

爷爷可以和星星一起聊天,莫西西有些向往,甚至忌妒爷爷,那个地方该有多么好啊!"那么好玩的地方,您带我一起去吧!"莫贝里摸了摸他的头,说:"现在可不行,你要等爷爷这么大的年纪了,才有机会去。"

"那我等爷爷这么大了,一定要去!"莫西西说,"爷爷你一定要等着我哦!"

"那个地方叫什么名字呢?"莫西西问,"我想爷爷了,好去找你。"

"那个地方叫做天堂。"莫贝里说,"你要是想爷爷了,就看看天空中的星星,嗯,最亮的那一颗就是爷爷。"

莫西西点了点头,原来爷爷是要到天堂里去了。

"乖孩子,你要记住爷爷的话。"莫贝里握住莫西西的手说,"今后呀,你要坚强、勇敢,特别是遇到困难的时候,一定不要哭泣。"

"遇到困难的时候我不哭了。"莫西西想起上一次掉进陷阱里大哭的样子,脸便开始发烫。

"懂事的孩子。"莫贝里慈爱地望着孙子说道,"除了要勇敢,还要学会宽容,要用仁爱之心去待人。只有那样,你才会有许许多多的朋友。"

"啊,我懂了,跳跳就很勇敢,也很爱我,他就是我的朋友。"莫西西对爷爷说。莫贝里惊异地看着莫西西。莫西西给爷爷讲述自己和跳跳成为朋友的经过,莫贝里满意地笑了,他说:"有一个朋友是一种福气,你一定要好好珍惜。"

莫西西说:"那是当然了。"

这个晚上,爷爷和莫西西说了很久的话,莫西西开心极了。他对妈妈说:"爷爷要到天堂里去了,将来我一定要去陪他。"

3. 大麻烦

莫贝里离世后不久,长在高处的箭竹陆陆续续地开出了米白色的小花。族人开始感到恐慌。"灾难终于降临了。"莫达对族人们说,"瞧瞧,箭竹都开花了,要不了多久,溪流就会干涸,大伙儿就没有吃的和喝的了。"

从知道莫西西是棕色熊猫那一天起,莫达就对古老的预言深信不疑。"我说的一点都没错吧,预言是真的。"他对族人们说,一副忧心忡忡的样子。

大伙儿认同他说的话,纷纷跑到族长莫飞那里,告诉他,部落遇上大麻烦了。

莫飞还沉浸在老族长去世的悲痛里,他安抚族人,不要轻信谣传。"这怎么是谣传呢?就是事实嘛!"莫达对莫飞的态度非常不满,他建议,为了避免灾难发生,最好是把莫西西赶走。

"还是调查了后再说吧。"面对群情激奋的族人,莫飞无奈地说。要是老族长还活着就好了,他想,再说了,莫西西还是老族长的孙子呢,还是一个孩子呢,怎么能说赶走就赶走呢?

莫羽昇自愿承担了调查箭竹开花的任务,莎莉对他的举动很是恼火。莫羽昇和莫达带着一行人向着高山行进。太阳高高地挂在天空中,但云朵跑过的地方还飘着雪花。

"真让人受不了。"莫达说,"一会儿冷一会儿热,我可要感冒了。"

莫羽昇紧锁着眉头,他沿着溪流行走,发现淙淙的水声越来越弱。自己走过的很多地方,都曾经是溪水流经的地方,而现在都干涸了。怎么会这样呢?他想。

在一处山崖前,莫达指着一片开了花的箭竹说:"瞧,我没有说错吧，箭竹开花了，要不了多久就会死去。"他对自己的发现颇有些得意。但其他人看着开了花的箭竹都沮丧无比。

"悲伤是没有用的。"站在一截枯枝上的猫头鹰突然说。他观察这些大熊猫已经很久了。"这些花朵会像瘟疫一样，很快传染开去，所有的箭竹都会死去。"他冷冷地说。说话的时候，他睁着一只眼，闭着一只眼。

"你是谁？"莫羽昇对这个危言耸听的家伙没有一点儿好感。

"我是猫头鹰博士浩克。"浩克转过身子，用一只眼睛看着莫羽昇说，"灾难快要降临了，你们还是早点离开吧！"

"所有的箭竹？"莫羽昇说，"风车峡谷离这儿还远着呢！"

"风车峡谷？"浩克笑了笑，他笑的声音就像打呼噜，"不过是一阵风的事情。"

大伙儿听了他的话，都变了脸色。"啊，天呐，咱们该怎么办呀？""咱们会饿死的。"

"不要听他胡说。"莫羽昇大声对猫头鹰博士说，"闭上你的鸟嘴吧！你这个什么也不懂的家伙。"

"不该说话的是你。"莫达说，"博士说得太有道理了。你不听博士的话，主要的目的是要保护你的儿子，呃，那只令人讨厌的棕色熊猫。"

莫羽昇脸色难看极了，他看着众人复杂的眼光，愤愤地转身离开。

"棕色的熊猫？"浩克来了兴趣，他睁开原本闭着的那一只眼睛，注视着莫达，问道："真的有一只棕色的熊猫吗？"

"当然，那个给我们带来灾难的家伙就是他的孩子。"莫达指着莫羽昇的背影说。

"真是太好了，这是一个大新闻！"浩克高兴地说，他振动翅膀，丢下这句让人奇怪的话语，噗噜噜地飞走了。

"太好了，大新闻？"莫达被猫头鹰博士的话弄糊涂了，但他很快对猫头鹰扫了他说话的兴致感到愤愤不平，"这不是一只好鸟。"他望着渐渐飞远的猫头鹰，对族人说。

4. 会画画的蜗牛

族人们变得烦躁，除了填饱肚子，就是坐在一起无休止地争论——灾难要来临了，谁不会紧张呢？作为族长，莫飞也没有时间去上课了，孩子们高兴极了，认为不上课的日子真好。

莫西西对大人们的这种"热情"不感兴趣，他开始怀念爷爷。孩子们结伴去做游戏，莫西西想跟着去，但大家似乎都躲着他，见他走过来便散开了。莫西西孤零零地站在一旁，看着欢快嬉戏的伙伴们，心里很纳闷，为什么大伙儿总是离自己远远的呢？莫西西想，要是爷爷在这里，自己就可以好好问问他了，可惜，爷爷到天堂去了。天堂真是一个遥远的地方，爷爷去了那么久都还没有回来。

孩子们的欢笑声消失在丛林里，莫西西耷拉着脑袋，闷闷不乐地走向丛林深处的小溪。跳跳竟然坐在溪边的大树上等着他。

"快上来，快上来。"跳跳向莫西西招手说，他的表情很是奇怪。

跳跳的尾巴搭在树干上，轻轻地摇晃。莫西西摸了摸粗壮的树干，有些胆怯。上一次，跳跳让自己爬树，爬到一半就累得手脚发软，差一点从树干上掉下来。"爬树真是一个苦差事。"莫西西想，跳跳为什么老是待在树上呢？地面上多好玩啊。

"快上来看，多么漂亮的画呀！"跳跳偏着小脑袋，朝还在地面上犹豫不决的莫西西喊道。

"什么画？"跳跳的话让莫西西感到好奇，啊，难道是跳跳画了一幅画？嗯，爬上树去，辛苦点还是值得的，他想。

作画的不是跳跳，而是一只蜗牛！

莫西西气喘吁吁地在树干上坐稳，定睛一看，跳跳根本就没有画画，他正趴在树干上看蜗牛画画。

这是一只长相奇特的蜗牛,他背上的壳就像红色的宝石一样。听见莫西西粗重的喘息声,蜗牛抬起头,长长的触须上面一双大眼睛打量着莫西西。"啊,你的朋友长得真是美丽极了。"他细声细气地对跳跳说。

"我可是一只棕色的熊猫。"莫西西皱着眉头说。

"棕色可是森林里最美丽的色彩。"蜗牛眼睛忽闪忽闪地说。跳跳鼓起掌来,说:"小豆子,你真是太有眼光了。"

他拉着莫西西的手对蜗牛说:"这是我的好朋友莫西西。"他又给莫西西介绍:"这是小豆子,一位伟大的画家,也是我的好朋友。"

莫西西伸出手,小豆子摇晃着触须,笑着说:"我可不能和你握手。"莫西西不好意思地笑了。

"那么,伟大的小豆子先生,你画的是什么呢?"莫西西好奇地问。

"他画的是一棵大树,嗯,不是一棵大树,是很多大树。"跳跳指着树干上说。莫西西这才注意到,树干上,蜗牛小豆子用画笔画出一道道白色的印痕。他看不明白,这些白色的印痕是一棵棵大树?

小豆子似乎不满意跳跳的回答,他仰起头说:"这可不是什么大树,是森林交响乐。"他顿了顿,接着说:"你们看这些大树,它们紧紧地靠在一起,静静地聆听森林里美妙的演奏,这不是森林交响乐是什么呢?"

跳跳和莫西西听得一头雾水,跳跳抓了抓脑袋说:"我一直以为是大树呢!"

"你看不懂,一点儿也不奇怪。"小豆子说,"这是印象派的。"

"我可不知道森林里有什么演奏。"莫西西低声说道。

"怎么听不见呢?"小豆子眨了眨眼睛,说,"淙淙的声音,是小溪在弹琴;哗啦啦的声响,是风吹响的哨音;唧唧的鸣叫,是小虫子们在合唱……"

莫西西和跳跳竖起耳朵,果然听见那些来自森林里的歌唱的声音,"真是太美妙了!"莫西西感叹道。

"只要你用心去倾听,自然的演奏总会让你心旷神怡。"

"我也会唱歌。"跳跳说,他伸了伸脖子,张开嘴"哦……哦……"地叫唤起来。

"太难听了。"小豆子说。

跳跳为自己的恶作剧开心极了。"我们还是来画画吧!"小豆子说,"这幅画我可花了不少工夫,一定要把它完成。"

"当然,做什么事都要有始有终。"跳跳说,我和西西陪着你,一边听着自然的演奏,一边看你画画,这是多么愉快的一件事啊!

莫西西走的时候,小豆子让跳跳把画从树干上抠了下来,送给了他。跳跳还帮忙做了一个画框。

"好朋友,在不开心的时候,记得要多倾听自然的演奏哦。"小豆子对莫西西说。

第五章

1. 长老会议

从高山上回来,新族长莫飞主持召开了一次长老会议。站在大白石上,莫飞的表情显得特别凝重,这可是他继任以来的第一次长老会议。

"万能的自然之神,请保佑我们的族人。"随着竹鼓轻缓地敲响,莫飞面向雪山虔诚地叩拜。长老们跟着他一起跪倒在地,默默祈祷,祈求自然之神的保佑。

莫羽昇内心不无沮丧,猫头鹰博士浩克的话似乎还在耳边回响:开了花的箭竹很快会死去,从高山上流淌而下的溪流会逐渐枯竭,族人将失去食物和饮水……而这一切都是因为那只棕色的熊猫,是他给部落带来了"灾难",族人们不得不面临新的选择。

那只棕色的熊猫正是自己的儿子——莫西西!

"调查很不尽如人意。"莫飞看着长老们说,多日的辛劳让他看起来有些疲惫,眼皮都肿了起来,但他不得不振作精神,和长老们一起讨论一个严肃的话题:如何面对即将来临的灭顶之灾。

"要不了多久,咱们就会陷入饥荒。"莫飞的话一说完,众人便交头接耳低声议论起来。"天呐,那该怎么办呢?""这是自然之神对我们的惩罚啊,一定是有人做了让自然之神不高兴的事情。""是啊,是啊,那可怎么办才好?""哎,要是老族长还活着,就不会有这种事情发生了。""是啊,老族长总是会让大家逢凶化吉。"……

听着大家的议论,莫飞扭了扭坐得发麻的屁股,"咳,咳,今天大家坐在一起,就是要商量如何去解决这个难题。"莫飞一说话,大伙儿渐渐停止了议论,看着眼前这位新族长,希望他能拿出稳妥的办法,来避开即将来临的灾难。

看着众人的眼神,莫飞有些不安,他想要是老族长在这里,就没有这么麻烦了,看来这个族长还真不是好当的。"大伙儿一定有什么好的想法,不妨说出来,咱们一起讨论怎么样?"莫飞咽了咽口水,说,"这个,这个,叫集思广益。"

原来族长也没有好的办法,众人像被霜雪砸了的箭竹一样,有的垂着头,有的叹气,有的摇晃着脑袋。"古老的预言不是说了吗,一只棕色的熊猫的降世就会带来灾难。"莫达站起身说,"大家还记得这个预言吧?"

大伙儿都瞪大眼睛望着莫达。一些人偷偷地瞟了瞟莫羽昇。莫羽昇埋着头,好像没听见莫达说的话,一副心事重重的样子。

看见众人的目光，莫达有些得意，他清了清嗓子，大声说："我不说大家也明白，那只给我们部族带来灾难的棕色熊猫是谁，没错，他就是莫羽昇老兄的儿子莫西西。"听见莫达说自己和儿子的名字，莫羽昇惊讶地抬起头，啊，终于说到儿子莫西西的事情了，莫羽昇不由自主地打了一个冷战。

"要想避开灾难也不是没有办法。"莫达环顾众人说，"只要……"他故意卖了一个关子，大伙儿都焦急起来，纷纷叫道："快说呀，要怎么办才好？""是啊，只要什么呢？"莫飞也好奇起来。

"只要把莫西西从部落里赶走，灾难不也就走了吗？"莫达得意洋洋地说。

"不行！""肯定不行！"莫羽昇和莫飞异口同声地说。众人看看莫达，又看看莫羽昇和莫飞，不知道说什么好，都突然变得沉默起来。

"这不是我的意思。"莫达耸耸肩说，"这可是大伙儿的意思。"

"可是，可是……西西还是一个孩子呀！"莫羽昇急忙说。

莫飞沉思了一会儿说："是啊，西西还只是一个孩子，把他赶出部落他该怎么生存下去啊？"

"唔，一个孩子重要，还是整个部落的人重要啊？"莫达说，

"为了整个部落的生存,牺牲一个小孩子又算什么呢?"

"我看,还是听听大家的意见吧。"莫飞为难地说。他眨着眼睛,看着众人,但大家都垂着脑袋。

"看吧,在这件事上,大家好像都没有异议。"莫达说。他对眼前的局面感到很是满意,甚至有些责怪莫贝里没有把族长的位子让给自己,而是给了优柔寡断的莫飞。

"那,大家的意思呢?"莫飞问道。

莫达挥了挥手,斩钉截铁地说:"族长,就这么办吧,大伙儿都没有反对的意见呢。"

"好吧……"莫飞像瘪了的气球,无可奈何地说。

长老会议的决定,让莫羽昇备受打击,直到回到家里,还有些神情恍惚。"我该怎么对莎莉和西西说呢?"他想。

看着垂头丧气的丈夫,莎莉心里咯噔了一下,一种不祥的预兆漫上心头。"长老们说了些什么呀?"莎莉低声地问丈夫。两个孩子正沉浸在睡梦之中,她不愿意吵醒他们。

"啊,什么?"莫羽昇高声说,他也被自己的过激反应吓了一跳,见孩子们还发出鼾声,才轻轻地吁了一口气。

"你这是怎么啦?"莎莉说,丈夫的脸色差极了,更让她感到担心。

莫羽昇知道瞒不过精明的妻子,他用沉痛的语气说:"长老们决定让西西离开部落。"他不愿让妻子听到"赶走"这样的字眼，这会让她伤心的。

"什么？"莎莉叫了起来，她抓住丈夫的手臂，"族长呢，他也这么说？"

莫羽昇呆呆地坐下来。见丈夫这个样子，莎莉怔了怔，她低声说："怎么能这样呢？西西可是一个孩子呀！"

"是啊，西西还只是一个孩子。"

"你是西西的爸爸，难道就没有说一句话吗？你该为他争取自己的权利。"莎莉有些气急败坏地说，她对丈夫没能维护儿子的权益感到生气。

"我争取了的。"莫羽昇脸色灰白，抱着头说，"可是，可是，长老们和族长都是这么决定的……"他的声音越来越低，后来就连蚊子的声音都不如了。

莎莉对丈夫很失望，莫羽昇是一个勇士，但在有些事情上没有自己的主见，是一个随波逐流的人。"我就知道是这样一个结果，你就会附和别人。"莎莉倔强地说，"西西是我的孩子，不能让别人做主，想怎么样就怎么样。"

"难道要为了他一个人，而放弃整个部落的人吗？"莫羽昇对妻子反应很不满，他大声说。

莎莉对丈夫说出这样的话感到伤心，这不是一个父亲该说的话啊,她说:"你还配做西西的爸爸吗?"说完,调转身子,不再理睬莫羽昇。

莫羽昇的脸一下子就白了,甚至他的黑眼圈都开始发白。他哆嗦着嘴唇,想要说话,却一句也说不出来。

2. 猫头鹰博士

莎莉是悄悄带着西西离开部落的。

莫羽昇起床的时候,已经快到中午了,是安安呼喊妈妈和弟弟的声音把他从梦中惊醒了过来。

夜里身子一沾床就鼾声如雷的莫羽昇失眠了,直到天快亮的时候才迷迷糊糊睡去。他做了一个梦,梦见自己和妻子带着安安、西西在一片茂密的竹林里采摘鲜嫩的竹笋,遍地的竹笋多得像天上的星星,发出诱人的香味。孩子们吃着竹笋,在林子里嬉戏,银铃似的笑声传出很远很远……

"爸爸,爸爸,妈妈和弟弟呢?"安安摇着沉睡中的父亲,把他的美梦打散了,莫羽昇一骨碌爬起身来,揉了揉眼睛,安安眼泪汪汪地望着他。

"你妈妈呢?"莫羽昇问。

"妈妈不见了,弟弟也不见了,该怎么办?"安安焦急地说。

莫羽昇这才发现问题来了,他大声呼喊:"莎莉,莎莉,西西……"但空荡荡的屋子里除了安安，很快就被他的声音塞满了。

莎莉走了，带着西西离开了部落。莫羽昇在桌子上发现了莎莉留下的字条。字条上写道：

"亲爱的羽昇，我带着西西走了。我们要去寻找新的栖息地。我不会责怪你，希望你带好安安。

依然爱你的莎莉。"

看着字条，莫羽昇心如刀绞，他跑出屋子，奶白色的雾气遮盖了高山、竹林、峡谷，还有远方的森林。"莎莉，西西，你们在哪里？……"他大声呼喊着。在浓雾笼罩的世界里，他的声音显得微弱而无助。

族人们纷纷围了过来，看着莫羽昇。莫飞走了过来，他拍了拍莫羽昇的肩膀，眼睛里满是歉疚，羞愧让他找不到一句合适的语言来安慰莫羽昇。莫达只是远远地望了一眼莫羽昇，就偷偷地溜开了。

莫羽昇的呼喊声如同消失在空气里，他伤心地抱起依偎在身旁的安安，说："我可怜的孩子。"

浓雾很快把风车峡谷吞没了。

此刻，莎莉正拉着莫西西艰难地行走在丛林中。在莎莉的心中，愤怒曾经占据了上风，让她无法分辨被雾气遮蔽的道路。"西西,妈妈要带你去一个美丽的地方。"她对莫西西说,"那儿可好玩了。"

"我们是去旅游吗?"莫西西对母亲的行为感到奇怪。从记事以来,妈妈从没有带着他去过风车峡谷以外的地方。

"真是懂事的孩子。"莎莉怜爱地摸了摸莫西西的头,说道。

"那儿有蘑菇吗?"

"有许许多多漂亮的蘑菇。"

"有竹鼠吗?"

"有的。我们还可以抓住他们。"

"有跳跳吗?"

"跳跳是谁呀?"

"他是一只小山猴,也是我的好朋友。"他有些得意地对妈妈说。

莎莉笑了,西西竟然和小山猴成了好朋友了,"我想他一定会去那里的。"

"爸爸和姐姐也去吗?"

莎莉的眼眶一下子湿润了。她努力让自己平静下来,森林里有着太多的危险,可不能乱闯的。她想起一个地方,那个叫做"福坪竹海"的地方,那儿生长着茂密的竹子,巨大的瀑布从高高的山崖上垂挂下来,太阳一照,就会出现五色的彩虹——在自己还是小姑娘的时候,母亲曾经带着她去过一次。"这可是养身的好地方。"母亲说,等有一天不能在风车峡谷待下去了,就到这儿来生活该有多好啊!

现在,莎莉想到了"福坪竹海"。"对极了,就到福坪竹海去。"莎莉对自己的想法很满意,可是去往"福坪竹海"的道路被浓雾遮住了。要冷静,她告诫自己,迷失在浩瀚的森林里可就麻烦了。但等到浓雾开始消散的时候,莎莉才猛然发现,她和孩子去往"福坪竹海"的方向好像错了,"错在哪儿呢?"莎莉想不明白,要是有个人能问问路就好了。她对自己的冒失行动感到后悔了。

莫飞对自己在长老会议上的决定深感歉疚,除了安慰莫羽昇父女俩外,还派了几批人出去寻找莎莉和莫西西的踪迹,但都一无所获。"长老会议上的决定,到底是对还是不对呢?"他躲在屋子里,拿出老族长交给自己的竹鼠骨头撒在地面上,可是什么迹象也看不出来。

这已经是沙莉和西西离开风车峡谷的第五天了,山越来越高,高大的乔木长着针一样的细叶,可以吃的食物越来越难找。莎莉的情绪低落到极点,再这样下去,还没有走到"福坪竹海",恐怕就会饿死在路途上了。她拿出最后一根竹笋,递给莫西西。"妈妈,那个有彩虹瀑布的地方还要多久才能到呀?"莫西西啃着竹笋问。

莎莉看着吃得香甜的莫西西,咽了咽口水,"快了,只要坚持,很快就会看到彩虹瀑布了。"她安慰儿子说。

"太好了。"莫西西说,他对美丽的地方抱着无限的希望,这也冲淡了旅途的疲倦。

沙莉觉得孩子能这样很不错了,他还没有走过这么远的路。

在一处灌木丛里,莎莉为自己找到了食物——青涩的浆果,虽然有点苦味儿,但毕竟可以充饥。她吃了一点,把剩下的果实采集下来,装进行囊。等不及要去看大瀑布和彩虹的莫西西已经迈着两条腿向着高处爬去了。

阳光从树顶洒落下来,树林里斑斑驳驳。从树林的空隙望下去,一条白色的飘带横过山腰——那是雪后留下的礼物。莎莉突然感到心慌,自己和孩子离得太远了!她慌慌张张地朝着莫西西走的方向追赶过去。

在一处平坦的高地上,莫西西正仰着头自言自语地说着话呢!

"是呀,我就是那只棕色的熊猫。"莫西西说,"跳跳说了,棕色可是最美丽的颜色。"

"跳跳,是那只小山猴吗?"一个呼噜噜的声音问道。

莎莉吓了一跳，她警惕地朝着四处望了望，没有找到那个奇特的声音。

"啧啧，没想到这个世界上还真的有棕色的熊猫。"那个声音里充满了惊奇。

顺着声音，莎莉看见一只灰白色的猫头鹰站在一根树枝上，睁着两只圆圆的眼睛正好奇地打量着莫西西呢！

"你是谁？"莎莉把莫西西拉到自己身后，警惕地问道。

"亲爱的女士，您的担心有点过头。"猫头鹰扬了扬爪子说，"我只是一只猫头鹰，一只特别友好的猫头鹰。"

莎莉对自己的反应感到抱歉，她说："这一点似乎不难看出来。但你对我的孩子……"

"女士，您难道看不出来，您的孩子是多么的特别？"猫头鹰说，"对了，我是猫头鹰博士浩克。"

"有什么特别的呢？"莎莉嘟嘟囔囔地说，她不怎么喜欢这个有点奇怪的家伙。

"作为一个学识渊博的猫头鹰，我对特殊的事物一直保持着新鲜感。"浩克在树枝上踱着步说，"您要知道，好奇是获取新知识的动力和源泉。"

莫西西对猫头鹰博士很感兴趣，他说："博士，你的知识看来真不少，连跳跳也知道。"

猫头鹰博士把翅膀交叠在胸前，他对莫西西的话颇为不满，"这个算什么呢？我知道您现在需要食物和水。当然，还有去往目的地的向导。"后面这句话是对莎莉说的。

莎莉惊讶得张大嘴，这实在是一只神奇的猫头鹰。

3. 哼哈二将

一连几天阴雨，森林都湿透了。

斐蓝抖了抖雨水，看了看小武和小威，两个孩子的毛发被雨水打湿了，粘在身上，让他们的体形看起来显得更加瘦小。像这样的阴雨天气，狼族们都不愿意出门狩猎，他们躲在温暖的窝里或是树洞中，享受这难得的空闲。斐蓝却没有这种闲工夫，她带着孩子们穿行在湿漉漉的丛林中，寻找着猎物。

这不仅仅是一种锻炼，更是为了生存。家里储存的食物已经所剩无几，两个孩子又正是长身体的时候，没有足够的食物是不行的。斐蓝咬着牙，呵斥着小武和小威走出干燥而暖和的屋子，走向丛林深处。

屋子里燃着熊熊的篝火，温暖而舒适。刀疤躺在用兽皮铺就的床榻上，喝着美味、腥臊的鹿血酒，听着雄炳的汇报。

"大王的床榻真是舒服。"雄炳看着刀疤身下的床榻想，要是自己有这么一张床就好了。雄炳是刀疤手下最健壮的公狼,也是刀疤最得力的助手,他刚刚从森林里监视斐蓝一家回来,一进入温暖的屋子里,皮毛上的水汽便蒸发出来了,还带着一股难闻的气味,刀疤皱了皱眉头,不由自主地打了两个喷嚏。

"斐蓝那个娘们儿,不准大儿子吃小儿子逮到的猎物,嘻嘻……"雄炳笑着说,觉得这女人的做法真是好笑。

"斐蓝可不是一个让人省心的人。"一个声音在屋子的角落里响起。

雄炳眨了眨眼睛,定睛一看,原来是阿狲。

"斐蓝想把孩子锻炼得更加强大,我们不可不防。"阿狲郑重地说。

"哈哈,真是可笑,一个女人,两个毛都没长齐全的小孩子,需要防备什么?"雄炳捂着肚皮笑着说。

"大王,斐蓝是不死心呢,她想把儿子培养成新的狼王,要是真让她继续下去,大王可就危险了。"阿狲一跛一跛地走到刀疤的面前说。

"危言耸听。"雄炳对阿狲的话不以为然,这个矮小的阿狲,两条腿长,两条腿短,一张刀条脸,说话的时候总是一脸坏笑,真让人讨厌。

"我们大王威武雄壮,人人都惧怕,还会怕那两个小毛孩子？"雄炳谄媚地说。

听了雄炳的话,刀疤得意地大笑起来。

"话可不是这么说的,那两个孩子,特别是小威,长得越来越健壮不说,还特别聪明。"阿狈的话让刀疤一惊,他坐直了身子,认真听阿狈的阐述。阿狈是一只狈,以前跟着狼王叱林,没少出主意,也得了不少好处。叱林死后,阿狈便投靠了刀疤,帮助刀疤在狼族里建立起了威信。因此,刀疤很是倚重阿狈。

"这倒看不出来。"雄炳说,"他很聪明吗?"

"可比你聪明多了。"阿狈对雄炳老是打断自己的话有些生气,他说,"那个小家伙可不是那些四肢发达、头脑简单的人可比的。"

"什么?你是说我头脑简单?"雄炳气呼呼地吼道。

"这可是你自己说的。"阿狈笑着说。

"哇哇,你竟敢说我的坏话,看我不把你的脑袋掰下来才怪。"雄炳看不惯阿狈这种阴阳怪气的表情和语气,龇牙咧嘴地走向阿狈。阿狈见他真的动了气,想,把脑袋掰下来可不是好玩的,忙说:"我可不是说你呀,四肢发达、头脑简单的人可多了去了。"

雄炳立住脚,想了想说:"啊,原来你不是说我,是说大王啊!"

"胡说八道,我可没有说大王的坏话。"阿狈连连摇头说。

见两个家伙又开始掐架,刀疤不耐烦地说:"别吵了,还是好好想想,怎么对付斐蓝娘儿三个。"

说完,扔了两块肉骨头,雄炳和阿狈猛地冲上前去,争抢了起来。

阴云在天空中集结,森林里的光线越发昏暗。在这样的天气里,动物们最容易暴露行踪,成为猎食者们的盘中餐。除非饥饿难忍,它们一般不会轻易走出家门觅食。斐蓝和孩子在丛林里走了大半天,都没有发现动物们的踪迹,哪怕是一只小小的兔子或是山鼠。

"真是糟透了,走了这么久,连一根鸟毛都没有看见。"小武垂头丧气地说,"哪怕是一只兔子也好。"

"鸟都停留在树枝上,它们不会走到地面上来的。"小威纠正小武的话,说,"这样的天气,兔子也躲在洞里呢!"

"我就是说说而已。"小武抱怨说,"真是的,这样的天气还让我们出来打猎。瞧瞧这鬼天气……"

小威不再理睬小武,一丛苔藓上面几个浅浅的脚印引起了他的注意。"这是一只猪獾的脚印。"小威张大鼻翼,使劲地嗅了嗅,抬起头对小武和妈妈说。

小武瞟了一眼那几个脚印，哈哈大笑道："这么阴冷的天气，猪獾才不会出来呢，一看就知道是它以前留下的脚印。"

斐蓝皱了皱眉头，她看着两个儿子，一言不发。

小威抖擞精神，撒开脚丫子跑开去，过了好一阵子才回来，只见他伏下身子，认认真真地研究那几个脚印，过了一会儿才抬起头说："我断定，猪獾就在不远的地方。"

"如果是这样，那它们就太愚蠢了。"小武对小威的话有些不屑。

小威伸出爪子，扒开苔藓，一个圆圆的洞口出现在眼前，小武惊讶得眼珠子都快掉下来了，他结结巴巴地说："它们，它们就躲在苔藓的下面？"

"它们不是愚蠢，是太小心了。"小威气定神闲地说，"我刚才仔细观察了一下，就在离这儿百多米远的地方有许多杂乱的脚印，一些脚印还伸向远方，它们是故意布下迷阵，引导我们去追踪它们，那么我们最终会失去方向。你们看，这一丛苔藓紧挨着大树，它们把巢穴建在树下的洞里，它们布下迷阵就是为了保护自己的巢穴。"他对自己的判断显得信心十足。

斐蓝满意地点了点头。

小威的分析，条理非常清晰，但小武还是将信将疑，他看着小威撅着屁股,用爪子刨开洞边的泥土。不久,小威的身子被刨出来的泥土挡住了。

"抓住了!"只听一声欢呼,小威叼着一头肥滚滚的猪獾爬了出来。

看着小威嘴边的猪獾,小武舔了舔嘴唇,他有些忌妒弟弟了,这么简单的道理自己怎么就不知道呢?哼!又让小威捡了一个大便宜。

"妈妈,哥哥,我们一起分享吧!"小威把半死不活的猪獾丢在地上,兴高采烈地说。

小武对眼前的食物馋得快掉口水了,他迈着轻快的步子走上前去,却被妈妈挡住了,"这是小威的猎物,你应该自己去寻找猎物。"斐蓝板着脸说。

"可是,可是弟弟说了大家一起分享。"小武委屈地说。

小威看着面色尴尬的哥哥,对妈妈说:"是啊,有了好东西大家一起分享才对啊。"

"不劳而获是可耻的。"斐蓝严厉地对小武说,"这头猪獾是小威凭借自己的智慧和能力捕获的,而你却在一边旁观,没有出一分力,你就不能分享他的猎物。"

斐蓝说完,赞赏地拍了拍小威的脑袋,说:"好样的,儿子!"她说完,转身走向丛林,小武不明白,妈妈为什么会那么严厉,只好委屈地跟在妈妈的身后,留下一头雾水的小威,呆呆地看着躺在地面上呻吟的猪獾。

4. 鼠肉

猫头鹰博士浩克成了莎莉和莫西西的向导,他渊博的学识让莫西西佩服得五体投地。莫贝里爷爷在世的时候给莫西西讲过关于祖先的事迹,但浩克博士似乎研究得更加深刻。"唔,你们的祖先有一个称呼。"浩克对莫西西说,"如果我没有记错的话,应该叫食铁兽。"

浩克说自己有为食铁兽写一本传记的打算,由于太忙,最后放弃了——需要他验证和考究的事情太多了。浩克不但清楚关于熊猫家族的历史,还对森林里的动物家族们的典故了如指掌。"《二十万个为什么》?"浩克望着一脸好奇的莫西西说,"那只是我几年前写过的一本书,啊,太浅薄了。"他感叹说,要是放在现在,应该写一本书,叫做《百万个为什么》。

莎莉扑哧一声笑了,她看着一脸兴奋的儿子,突然对猫头鹰博士有了好感。是啊,在枯燥的旅途中,有一个爱唠叨和喜欢吹嘘的朋友是一件多么愉快的事——这从莫西西快乐的表情就可以看得出来。

"从内心深处来说,我是一个气质忧郁的人。"浩克对莫西西说,他说话的时候得扇着翅膀,所以表情看起来格外庄重。他眼睛里的忧郁深深地感染着莫西西。

"亲爱的博士,你原来也有不开心的时候。"莫西西替他难过。

浩克调整了下思绪,他想:这片森林里还有比我知识更渊博的吗?还有比我情感表达更为真挚的吗?可是,上一届的丛林"逼死卡奖"为什么就没有颁给我呢?那些评委,都是一群没有长眼珠的家伙。

"我是一只金雕,嗯,不错,我是一只叱咤风云的金雕。"他对莫西西说。

但莫西西的反应让他大失所望。莫西西摸了摸脑袋说:"金雕是什么玩意儿?"

"喊,白说了。"猫头鹰博士丧气地拍打着翅膀说道。

莎莉忍不住大笑起来。她已经很长一段时间没有这么开心了。莫西西看见妈妈的笑脸,开心极了。

"要是跳跳在就好了。"莫西西想,跳跳肯定不知道我有了一个称自己是"金雕"的猫头鹰朋友。

在接近雪山的时候,天色阴沉下来,似乎很生气的样子,把一切都笼罩在自己的阴影下面。饥饿折磨着莎莉和莫西西。长途跋涉,所带的食物已经消耗一空。"要是有一丛鲜嫩的竹子就好了。"莎莉想。

在阴暗的天气下,猫头鹰博士的眼睛愈加锐利,他在雪地上成功捕获了一只白色的老鼠。"鼠肉是所有食物中滋味最美的。"他站在枝头,慢条斯理地品尝着鼠肉说。

看他吃得津津有味的样子,莫西西不由得咽了咽口水。

"来,尝一块吧!"浩克看了看莫西西,抛下一块鼠肉说。

鼠肉还带着血丝,在雪地上显得有些刺眼。莫西西把脸撇向一边,"这能吃吗?"他问妈妈。

莎莉不知道说什么好。

作为大熊猫家族的成员,莎莉有过吃竹鼠的经历,但那都是很久以前的事情了。竹鼠啃食鲜嫩的竹笋和竹根,特别可恨。它们的肉虽然有点腥味,却鲜美多汁。沙莉想:让孩子参与杀戮,是一件残忍的事情,莫西西是多么单纯的孩子。但现在,食物匮乏,即使最强壮的人也会倒在前进的途中,成为其他动物的美食。她不忍心自己的孩子也遭遇这样的可怕命运。

"吃吧!"莎莉无奈地对莫西西说,"你可不能辜负博士的好意,这是非常不礼貌的。"

莫西西生平第一次尝到了鼠肉的滋味。

5. 灾难降临

莫飞还徘徊在美梦中的时候，莫达就风风火火地闯了进来。"箭竹开花了！"莫达气喘吁吁地说，"风车峡谷的箭竹都长出了米粒一样的小花苞。"

莫飞火急火燎地爬上大白石，那些在风里摇曳的箭竹举着长满花苞的枝干，仿佛在向他示威。"完了！"他一屁股坐在地面上，喃喃道。

莫羽昇从竹林深处回来，他抱着一捆枯萎的竹叶。在那些失去水分的竹叶中，垂挂着一串串淡黄色的小花苞。"太苦了。"安安咬了一口竹叶，对爸爸说。她把嚼在嘴里的竹叶吐在地上，那些小花苞散发出奇怪的气味。

灾难终于降临在风车峡谷了。莫羽昇想：要是没有莫西西——这个长着棕色毛发的孩子，灾难就会顺着风从峡谷边缘走开，不再光顾这里了。他叹了一口气，望着空荡荡的屋子和愁眉苦脸的女儿，突然对自己有这样的想法感到吃惊，要是莎莉在就好了，要是儿子不是棕色的……哎，他们母子在哪儿呢？

箭竹开花的噩耗很快在部落里传开来。"天呐，才短短十多天，开花的箭竹就跑到咱们这儿来了。"莫达说，他哭丧着脸，想起在高山上看到的情景。

"这是瘟疫！只有瘟疫才会这样。"

"高山上的箭竹长了腿了，它们把瘟疫带到了风车峡谷。"

"箭竹都开了花，咱们吃什么呢？"

……

众人叽叽喳喳说个不休，他们猜测高山上的箭竹有着强烈的报复心理，不愿意看到峡谷里的人们活得这么安逸，便把可怕的瘟疫传染给了峡谷里的箭竹。

"这都是那只棕色熊猫惹的祸。"莫达说。听闻此言，大家又觉得这才是灾难发生的根源，纷纷指责起莫西西来。

"可是莫西西已经走了。"莫飞说。

大家都住了口，是啊，莫西西不是走了吗？灾难怎么还会来呢？

"他是有先见之明的，知道灾难会降临，所以提前逃跑了。"莫达若有所思地说，"他是一个不负责任的逃兵！"

听着族人的话语，安安的眼泪都快流出来了，她大声说："你才是逃兵呢，我弟弟是被妈妈带走的！"

莫飞皱了皱眉头想，莫达的话总会引起族人的不安。"莫西西不是逃兵，他只是一个孩子，他是被大伙儿逼走的。"莫飞用低沉的声音说。

"我可没有逼走莫西西。"莫达耸耸肩膀说道,"我会为难一个小孩子么?"

莫羽昇再也忍不住了,拳头砸在了莫达的脸上,两人很快扭打在了一起。安安大哭起来。

最先发现老铁一家从风车峡谷离开的是跳跳。

老铁拖着孩子走得很急,似乎有人在追赶他们。老铁是一只肥头大耳的竹鼠,这次听闻灾难将要降临,决定举家搬离。"这些竹鼠要去哪里呢?"看着老铁父子俩穿过干涸的溪流,跳跳心想。

跳跳很久都没有看见过莫西西了,他有些想念莫西西——那个可爱的家伙,好像把自己忘记了。

"呸,呸……"小豆子舔着跳跳递给他的果子,"太干了,连一点儿水分都没有。"他吐了吐舌头说道。

跳跳对果子有没有水分没有多大的兴趣,他关心的是自己的好朋友莫西西。"莫西西会去哪里呢?"跳跳托着下巴问小豆子。

"溪水都干涸了,连竹鼠都搬家离开了,莫西西自然也离开了。"小豆子摇晃着触角,想了想说,"你的朋友是一个很有天分的人,啊,他肯定从我的话里预见了未来。"

"这是什么意思?"跳跳挠着小脑袋,好奇地问道。

"倾听自然的演奏啊。"小豆子得意地说,"我不是告诉他,要倾听自然的演奏吗,他一定是听到了什么,所以提前搬走了。嗯,这多亏了我的提醒。"

真是臭美。跳跳翻了一个白眼。他把小豆子放在额头上,驮着红宝石房子的蜗牛像一颗星星,在他的额头上闪烁着奇异的光芒。

当跳跳带着小豆子来到风车峡谷的时候,风车峡谷里的人们全部消失了,只留下一地狼藉和呼呼的风声。

"西西,西西……你在哪里?"跳跳把手卷成一个喇叭筒,放在嘴边大声呼喊。

"去找他吧,谁让他是你的朋友呢?"小豆子说。

站在高处,还能望见风车峡谷——昔日生存的家园,对于每一个在风车峡谷生活过的人来说,那里都有着一份温馨的回忆。莫飞对莫羽昇说:"我们离家越来越远了。"

"是啊,从懂事起我就在风车峡谷。"莫羽昇说,"采摘竹笋,捉蝴蝶,和老铁一家捉迷藏……哎,我一直都想尝尝老铁的肉,可惜——",莫羽昇遗憾地摇了摇头,他沉浸在往日的美好回忆中。

离开风车峡谷是无奈之举。

溪流干涸、箭竹开花……所有能让熊猫家族生存下去的事物都在不经意中消逝。"搬家吧！再不走，我们就没有机会了。"两天之前的部落会议上，莫飞无可奈何地说道。

面对族人，莫飞讲这句话的时候表情沉重极了。他的话像一个马蜂窝掉进了人群中，大伙儿先是面面相觑，接着便是无助的争吵，有些人甚至大哭起来。

"这真是一个天大的灾难。"莫达用哽咽的嗓音安慰每一个伤心绝望的族人，希望自己能带走族人的悲痛。

"族长这么做也是没有办法，自然之神的惩戒，即便是伟大的老族长莫贝里爷爷也无能为力的。"莫达说，"我们不能让族长为难，他所做的一切都是为了大伙儿，是为了部落有一个光明的前途。"

莫达的话让惊慌失措的人们渐渐平息下来，他们看了看可怜的族长莫飞，都为他感到难过。"要是莫达做了我们的族长有多么好呀。"一些人想，那么我们就不会离开世世代代生活的家园了，至少，不会活得这么提心吊胆。

在无助的慌乱过后，族人们匆匆收拾行李，在莫飞的带领下，开始向着新的聚居地——福坪竹海出发。

"这简直是一支逃难的队伍。"看着神情沮丧、步伐散乱的熊猫族人，跳跳对小豆子说。

"没有比离开故土更让人伤感的事情，这真是一个绝好的题材。"小豆子说,在寻找莫西西的旅途中,他一直都在跳跳的额头上颠簸,许多美好的事物连影子都没有留下,让他失去了创作的绝好题材。面对这样一群为了生存离开故园的逃难者,小豆子突然灵光一现,积蓄了很久的寂寞瞬间化作无限的创意,他忍不住拿起画笔,开始在跳跳的额头上画起来。

第六章

1. 巨大的瀑布

乌拉拉山上的气候就像人的脸,说变就变。太阳公公刚刚露出脸,还没有来得及和莫西西打招呼,乌云就跟着跑了过来,它把大片大片的雪花从空中抛洒下来——这种景象让莫西西感到无比惊奇。

"多么漂亮的雪花!"莫西西伸出手掌说道,那些雪花和他玩捉迷藏,倏地钻进他的毛发里,留下冷冰冰的小水珠。

看着兴奋的莫西西,莎莉脸上有了笑容,但心中的忧虑并没有为此而减少。自从迷路以后,道路越来越难走,更让莎莉担心的是:高山上的食物少得可怜,除了匍匐在阴暗岩石后面的芍药和芨芨草——那些咀嚼在口中会散发出苦涩味道的植物,简直难以下咽。偶尔能从枯树上面找到几朵蘑菇,但绚丽的色彩让人感到畏惧。

莎莉对自己的莽撞深感后悔,她开始把希望放在了浩克的身上。尽管她对这只爱吹牛的猫头鹰有着深深的戒备心理,但对于身陷绝境的人来说,长着翅膀的家伙能看得更远,这也是暂时值得信赖的一种保障。

"我说博士先生,你锐利的眼睛和丰富的经验一定能带领我们走出这片高地。"莎莉对浩克说,她对自己阿谀的言辞感到羞愧,脸都在发烧,好在儿子玩得正欢,没有注意到她的表情。

"那是当然。"浩克说,"亲爱的莎莉女士,你的话语让我感到振奋,我甚至看到了福坪竹海——唔,那个我们即将要去往的地方。"

一片雪花飘进浩克睁着的那只眼里,他不得不睁开另外一只眼睛,但漫天的雪花很快遮住了他的视线。

"那么,我们该朝着哪一个方向走呢?"莎莉用手遮住眼睑,对站在树枝上的猫头鹰博士问道。

"唔,是这个方向……"浩克转了一个圈,又转了一个圈,"啊,应该是那个方向!"

"到底是向哪个方向?"莎莉觉得自己的头都被他转晕了。

天气糟透了,浩克觉得自己的视线变得模糊不清,他有些怀疑自己得了严重的近视症。"那就这个方向吧!"在踌躇了好一阵后,他抬了抬脚,指着远方说。

"浩克会是一个好的向导。"莎莉想,眼下最重要的事就是找到食物填饱肚子,才有力气向着福坪竹海前进。

跳跳顺着迁徙的队伍找寻过去,没有发现莫西西的影子。

他对小豆子说，所有的大熊猫都是黑白色的，和莫西西一点也不像。

"他真是一只聪明的熊猫。"小豆子说，他刚刚画完一幅以"羁旅中的乡愁"为主题的作品，心情格外舒畅。

跳跳无奈地叹了一口气，对于这个驮着屋子四处寻找灵感的朋友，他不知道该说什么好。"我知道你想说的是，莫西西从自然的演奏中获得了启示，出发前往目的地去了。"他摊了摊手说。

"对极了。"小豆子很满意跳跳的话，"只有像他那样聪明的孩子才能体会我话中的深意，他的前途不可限量。啊，我对他充满了信心……"

"也许他迷路了。"跳跳不无担忧地说，"我们该换一条路去寻找他们。"说完，他灵巧地跳上了另一根树枝。

"慢一点，我的头会被你颠晕的，啊呀呀，我见过的美丽的景致……"在小豆子的抱怨声中，跳跳已经把熊猫部落的人们甩在了身后。

转过乌拉拉雪山，地势变得陡峭。这是背风的一面山坡，没有了雪花和云雾的遮挡，视野显得开阔起来。望着山腰上的阔叶林带和绿草地，浩克有些得意，"看吧，这就是我们要去的方向。"他对莎莉和莫西西说，肚子里却暗叫侥幸，"就算是瞎蒙的，至少也是正确的。"

浩克把仅有的鼠肉干分给了莫西西，这给莎莉留下了极好的印象，她的心情也变得愉快起来。"到了树林里，我们就会找到美味的食物。"她对莫西西说，"运气好的话，还有鲜嫩的竹笋等待着我们去采摘呢！"

尽管下坡的道路布满碎石，满怀的希望总给人信心。小半天的工夫，便到了森林里。和针叶林比起来，这里的树木枝干显得纤弱，却长满了青翠的枝叶和嫩芽。莎莉和莫西西饱餐了一顿。在丛林的深处，浩克抓住了一只正在觅食的小貂鼠，他慷慨地把鼠肉递给莫西西，嚼着嫩叶的莫西西突然被刺鼻的血腥味吓住了，他觉得流淌着青汁的嫩叶才是自己钟爱的食物。

莫西西礼貌地回绝了浩克的好意。

饱餐过后，莫西西枕着妈妈的胳膊美美地睡了一觉。等他醒来的时候，前去探路的浩克正站在树枝上看着他。

"你们肯定说了我的坏话。"莫西西不好意思地说，"我的梦还没有做完呢！"

浩克耸了耸肩膀，"这真是一个可爱的孩子。"他想。

莎莉笑了笑说："才没有呢，你睡得可香了。"

"唔,这个,这个梦一定很美好。"浩克飞下枝头,咳了几声,说,"我想要告诉你的是,我们得经过一道巨大的瀑布,才能继续前进。"

"瀑布?"莫西西瞪大了眼睛。

瀑布从悬崖上垂挂下来,发出狮子般的巨吼。飞溅的水花在空中散开来,形成了一层薄而透明的雾气。在阳光的照射下,那些水雾发出七彩的光芒。水波咆哮着,在森林里冲出一条河流。

在风车峡谷的时候,莫西西听到过瀑布的声音,却从来没有见过它的尊容。如今站在巨大的水帘下,他被眼前的景象惊呆了,原来瀑布是从山上流淌下来的。莫西西对妈妈说:"瀑布还会发出蘑菇一样美丽的色彩,真是太神奇了。"

"那是彩虹。"莎莉望着彩虹说,"融化的雪水从山间流淌下来,形成了瀑布,瀑布中产生的水雾遇见了阳光,就会变成美丽的彩虹。瞧,它们就像天上的月亮一样。"

"可比月亮漂亮多了!"莫西西由衷地惊叹道,"多么神奇的瀑布啊!"

"可是,你们该怎么过去呢?我们要去的地方可在对岸。"浩克博士睁着一对圆鼓鼓的大眼睛说,"总不能踏着彩虹过去吧?"

2. 神奇的蚂蚁桥

要越过瀑布到达对岸的森林可是一件伤脑筋的事情。

"顺着河流找到上岸的地方，那就好了。"莎莉说。浩克摇了摇头，说："那我们离目的地就更远了。"

莎莉只好顺着河流寻找可以过河的凭借，哪怕是一截横倒的树木，但却连藤条之类的植物也没有找到一株；那些光滑的石头被溅起的水流打湿了，连虫子都站不住脚，更别说是熊猫了。

浩克围着瀑布飞了好几圈都没有找到一条好的路径。"我是无计可施了。"他遗憾地对莎莉说。他的肚子开始叫唤起来：咕噜咕咕。"探路真是辛苦的工作。"浩克说。莎莉用歉意的眼光看了看浩克，却又找不出什么食物来慰劳猫头鹰博士。

"亲爱的女士，你不必自责，我可不是素食主义者。"浩克拍了拍翅膀说，他决定飞到丛林里抓一两只山鼠来填肚子。

面对瀑布，莎莉一筹莫展。但莫西西对瀑布还保持着高昂的兴趣，他不顾湿滑的地面，走近瀑布，去拨打水雾。"太好玩了。"他走到妈妈的身边说。巨大的流水声跑进他的耳朵里，钻进脑子里，发出嗡嗡的声响，以至于母亲对他说了什么都无法听见。

傍晚,浩克回来了,他的眼睛里满是恐惧。"找到食物了吗?"莎莉问。

"哪有什么食物?"浩克嘟囔着说,"我还差点儿成了别人的食物。"

"真是太不幸了。"莎莉想,浩克一定是遇到了危险。

"太可怕了。"浩克心有余悸地说。

山鼠们在幽暗的丛林里活动,他们躲在腐败的树叶间,挖出一条条纵横交错的地道,啃食鲜嫩的树根或多汁的蚯蚓。但他们更喜欢树枝上掉落的浆果——这可是要冒着危险才能得到的美味。在阴暗的角落里,躲藏着像浩克这样的猎手。

浩克对山鼠们的习性太了解了。他用爪子把枝头上的浆果扒拉下来,等待着猎物进入圈套。很快,一只肥硕的山鼠探头探脑地从地道里钻了出来,但他还没有来得及品尝鲜美的浆果,就成了浩克的食物。

"今天的收获真不小。"浩克叼着山鼠,边飞边说,"要是莫西西愿意吃一点,我绝对不会吝啬的。真是可惜,那个孩子似乎对可口的肉食不太感兴趣。"

阳光一点一点地消逝在森林里。浩克振动翅膀飞向瀑布。就在快要接近瀑布的时候,他突然听见一声尖锐的鸣叫。"金雕!"浩克吓出了一身冷汗,他顾不得口中的美食,丢下山鼠,一个俯冲躲进树丛里。

但那只金雕似乎不是冲着自己来的,在一阵让人感到恐惧的鸣叫后,金雕飞向了远方。浩克抹了抹额头上的汗珠,暗叫一声惭愧。"今天的事情可不能讲出去,哪怕做梦的时候也不能说。"浩克想,要是被莫西西知道了,自己多没有面子啊——在不久前,浩克还对莫西西吹嘘自己是一只"金雕"呢,要是让他知道自己是多么惧怕金雕,自己的威信可得大打折扣。

失去了食物的浩克战战兢兢地飞回了瀑布。莎莉和莫西西正等待着他。

"来吧,博士,我们这里有甜甜的蜂蜜,要是你愿意品尝的话。"莎莉对惊魂不定的猫头鹰说。

浩克想说自己不吃蜂蜜,但不争气的肚子还是让他接过了莫西西递过来的蜜糖。"你走了以后,妈妈可没有闲着。"莫西西说,"在寻找道路的时候,妈妈找到了藏在一截枯树里的蜜蜂,拿走了它们的蜜糖。"

浩克有些不好意思,他叼着蜜糖飞到枝头。那真是一块肥美的蜜糖,晚上,浩克做了一个甜蜜的梦,以至于忘记了遇见金雕的恐惧。

第二天清晨,当浩克从甜梦中醒来的时候,莎莉和莫西西已经到达了对岸。浩克惊讶得眼珠子都快掉出来了，这一对母子难道是魔术师？

当然，莎莉母子俩没有魔法。

实施"魔法"的是莎莉找到的蜂蜜。浩克叼着蜂蜜飞向对岸的树枝时，嘴角的蜜糖汁液滴了下来，那些汁液有的被水流冲走了，但有的却落在了横在瀑布水帘下的一根粗大的树干上。蜜汁的甜香吸引了蚂蚁大军，它们浩浩荡荡地沿着崎岖的道路，爬上了那根不易为人发现的"树桥"，来到了莫西西的身边。

多么香甜的蜜糖。蚂蚁们顺着莫西西浓密的毛发，爬到他的手掌上，抢夺莫西西的蜜糖。"这是哪里来的蚂蚁啊？"莫西西被那些肆意妄为的蚂蚁吓了一跳，他丢下手中的蜜块，拍打着那些让人讨厌的家伙。

蚂蚁们挥舞着小小的钳子，把蜜块分成颗粒状——但那些颗粒仍然比它们的身躯庞大。莫西西由开始的愤怒变得惊讶起来，觉得这些小家伙真是了不起。他趴在地上看着蚂蚁们搬动蜜块。

蚂蚁们排着队列，扛着食物有序地撤离。"它们要去哪里呢？"莫西西想，他顺着蚂蚁们撤离的方向跟了过去，天呐，它们竟然钻进瀑布里去了！

"妈妈，妈妈，你快来看呀，蚂蚁们钻进瀑布里去了。"莫西西大声呼唤妈妈。

"真是一个调皮的孩子。"莎莉想。但她还是笑着走了过来。莫西西的半个身子都隐在了水帘下面，这让她吃了一惊。

莎莉慌忙将莫西西从水帘下拽了出来，"这是多么危险的事情啊！"她气呼呼地说，"今后可不能这样做了。"

"但那些蚂蚁……"莫西西嘟着嘴说，"它们怎么就不怕危险呢？"

"是吗？"莎莉疑惑地看着莫西西，她忍不住探过头，向着水帘下张望。"啊——"莎莉欢呼一声，她转过身子，亲了莫西西一口，说："西西，你真是一个细心的孩子。"

原来在瀑布巨大的水帘下面，一根粗大的树干横放着，搭建起了通往对岸的"桥梁"！

"我们可以顺着树干爬到对岸去。"莎莉为儿子感到骄傲。

"太好了。"莫西西拍着手说，他都快等不及了，准备爬上树干过河去。但妈妈拉住了他。

"可不能急。"莎莉说，"小蚂蚁们还没有全部过去呢，再说，天也晚了，咱们明天过去也不迟。"

莫西西抠了抠脑袋，有些不好意思。莎莉怜爱地看着儿子说："这座桥可是你发现的，你给它取个名字好不好？"

"才不是呢，这是蚂蚁们发现的。"莫西西想，但他还是愉快地为水帘下的"桥梁"取了一个名字——神奇的蚂蚁桥。

莎莉看着儿子快乐的表情，会心地笑了。这时，猫头鹰博士惊慌失措地飞了回来。

"我们不告诉他。"莫西西低声对妈妈说。

莎莉眨了眨眼睛，说："嘘，明天，我们要给博士一个惊喜。"

3. 老朋友重逢

翻过了乌拉拉山，空气变得温润起来。莫西西一点儿也不喜欢这种气候，他怀念起风车峡谷清冽的山风，高山顶上皑皑的白雪，想起了爸爸、妹妹、过世的爷爷，想起了他的好朋友小山猴跳跳，还有喜欢画画的蜗牛小豆子，甚至连饶舌的莫达也让他觉到特别亲切。

"要是在风车峡谷就好了。"莫西西说。

莎莉摸着儿子的脑袋。是啊，这一次离家太久了。

"我们已经失去了家园，是自然之神对我们的惩罚。"莎莉想，她不愿意把这些不好的想法告诉莫西西，这会对他产生极坏的影响。在这趟寻找新家园的旅途中，猫头鹰博士浩克是一个热心的好人，给枯燥的旅程带来了温暖，也让西西感受到了朋友带来的快乐。

浩克似乎不知疲倦，他对全身长满棕色毛发的莫西西倍感兴趣，一有空就和莫西西聊天。"我可是在对这个森林里最神奇的大熊猫进行研究呢。"浩克对自己进行的这项研究深以为傲，可惜的是不能说出来，所有的研究结果都要等结果出来，再公诸于世，才会一鸣惊人。浩克安慰自己：不要心急，和莫西西说说话，套出他内心的想法；多观察他，找到他为何与众不同的原因；嗯，还有……

但莫西西对风车峡谷以外的地方和事物知之甚少，他对浩克所讲的故事倍感惊奇，深深着迷。以至于浩克在讲述的过程中会停下来想：啊，怎么一直是我在说话呢？可是这个念头像一阵风一样，很快就没有了踪影。见多识广的浩克博士已经停不下来自己的演讲了。

多么好的一对朋友。莎莉对热心的浩克充满了感激。

树林变得茂密，高大的栎树举着宽阔的叶片，它们的叶片长着细细的锯齿；粗壮的橡树上，结满了青青的果实；低矮的冬青下面，隐藏着不知名的鸟儿，它们的鸣叫给寂静的森林增添了生趣……

穿行在丛林里，食物不是问题，但一到光线阴暗的地方，蚊虫就成群结队地飞了出来，到处都能听见它们翅翼发出的嗡嗡声。

莫西西感觉到那些声音就站在自己的耳朵里,他捂着耳朵,痛苦不堪地跟在妈妈的身后,走得跌跌撞撞。"妈妈,这些蚊子很烦人啊!"莫西西把手从耳朵上拿开,驱赶那些围着自己转的蚊虫。

"是啊,可是它们拿我们是没有办法的。"莎莉说。

"为什么呢?"莫西西好奇地问道。

"我们穿的可是毛皮大衣。"

妈妈幽默的话语逗得莫西西和浩克都笑了起来。

莎莉虽然说笑着,但一点儿也不敢放松警惕。在这片森林里,潜伏着太多的危险。不知道在哪一处阴暗的地方,就有一双眼睛虎视眈眈地盯着自己和孩子呢!

"妈妈真是太逗了。"莫西西揉着肚子说,但他一说话,蚊子就顺着他的嘴巴钻了进去,粘在喉咙上,极不舒服,莫西西大声咳嗽起来。

"他是怎么啦?"浩克站在树枝上,关切地问。

"我想是蚊子找错了地方了。"莎莉看了看天色,说,"我们要尽快找到栖身的地方,好好休息一下。"

"是啊,天快黑了。"浩克打了一个哈欠说,我去找找看有没有你们可以待的地方。他振翅飞向空中,夜色从天边慢慢铺展开来。

"走吧,孩子,我们等博士的好消息。"莎莉说。

莫西西吐了吐唾沫。"蚊子的味道真不好受。"他想。

夜幕降临了,夜行的动物们出来觅食了,丛林里响起或重或轻的呼吸声、脚步声。它们的眼睛在黑暗里发出红色、蓝色的光芒,像飘荡的鬼火。

"我怕。"莫西西说。

莎莉拉着儿子的手,在他耳边轻轻说:"别怕,有妈妈。"

这时,树枝上发出喀嚓的一声脆响。"是什么?"莫西西慌忙往妈妈身边靠。

"应该是博士回来了。"莎莉安慰儿子,"再说了,凶猛的家伙可不会躲在树枝上。"

"呼!"一个黑影从树枝上跳了下来。莎莉立即把莫西西拉到自己身后。

"说的太好了,不愧是妈妈,丛林里的经验真是很丰富呢!"那个黑影拍着手掌说。

"跳跳——"莫西西欢呼着从妈妈身后跳出来,奔向那个从树枝上跳下来的黑影。

没错,正是莫西西的好朋友小山猴跳跳!

一对久别重逢的好朋友紧紧拥在一起。莎莉看着儿子兴奋的样子,开心极了。

过了好一会儿,两人才分开。

"西西,你劲太大了。"跳跳摇晃着莫西西的胳膊说。

"嘻嘻。"莫西西咧着嘴笑着说。

"真是一对可恶的家伙。"小豆子从跳跳脑袋上探出头来说。

"小豆子?"莫西西瞪大眼睛,才看清楚跳跳头上那只会作画的蜗牛。

"我和跳跳一直在找你呢,我们还以为,还以为……"小豆子带着哭腔说,"……你这个可恶的家伙。"他的鼻涕流下来,弄得跳跳的毛发湿乎乎的。

"好啦,你们不是找着我了吗!"莫西西不知道该怎么安慰这个热心的小朋友。

"嗯,孩子们,我们该出发了。"莎莉微笑着说,"等到了休息的地方,你可以慢慢交流。"

"好啊,好啊。"孩子们拍着手说。

4. 山洞

浩克回来的时候,莎莉和莫西西已经离开了。

浩克想:也许她们已经找到了休息的地方,我可不愿意像她们一样待在山洞里或是悬崖下。他决定飞上枝头,一边睡觉,一边等待猎物出现。

黑暗笼罩整个森林的时候,莎莉带着孩子们找到了一个山洞。这是一个比较隐蔽的山洞,干燥而温暖。

"真是舒服啊!"走进山洞一坐下来,莫西西就叫嚷道。

"要是再有点什么水果就安逸了。"跳跳吧嗒着嘴说。从风车峡谷出来后,跳跳一心挂念着莫西西,哪怕是停下来寻找一点儿水果的时间都没有。想到鲜美可口的水果,跳跳就禁不住流口水。

小豆子也舔着舌头说:"是啊,我好久都没有吃上水果了,缺乏营养,皮肤都起了褶子。"

莫西西看着两个好朋友,心里充满了感激之情。

几个好朋友叽叽喳喳地叙着旧,莎莉可一点儿也不敢松懈,她在洞外巡视了一番,又走进山洞里仔细察看。很快,她在山洞里发现:竟然还有一个洞口!深邃的洞里发出"嗤嗤"的声音,像风吹过树叶,又像虫子掠过草间,这又是通向哪里的呢?里面有什么呢?是敌人吗?莎莉顿时忐忑不安。

忽然,跳跳发出一声尖叫:"蛇,有蛇!"

莎莉急忙跑了出来,只见跳跳站在莫西西的肩上,双手紧紧地搂着莫西西的脑袋,吓得瑟瑟发抖。

"蛇?蛇在哪里?"

"在，在……"跳跳指着地面战战兢兢地说。

"我怎么没有看见呢？"莫西西打着转，他的眼睛被跳跳捂住了，一时间还不知道发生了什么事情。

借着微弱的光线，莎莉看见，一条条蛇正陆续不断地从洞外爬进来。那些蛇都不看莎莉她们一眼，有序地游向莎莉发现的那个洞口。

孩子们被陆陆续续爬进来的蛇们吓住了，都闭上了嘴巴。此刻，只听见蛇族们发出沙沙的声响。"啊，刚才听到的那种奇怪的声音，原来是蛇吐信子发出来的声音。"莎莉想起那种密集的声音，头皮开始发麻——天呐，不知道洞里有多少蛇啊，看来，大家是闯进蛇窝了。

莎莉决定带着孩子们离开山洞。这时，从洞内爬出几条蛇来，最前面的是一条头上长着红色鸡冠的大蛇，他的皮肤软塌塌地搭在身上，动作显得特别迟缓，每爬行一段都气喘吁吁。"这是一条上了年纪的蛇。"莎莉想。

"咳，尊敬的客人们。"老蛇用昏花的眼睛扫了扫莎莉和几个孩子，说，"我们是没有敌意的，这一点你们一定要放心。"

"很是冒昧。"莎莉小心翼翼地说，"我们只是想找一个休息的地方，没想到闯进了你们的家里。"

"夫人太客气了，我是蛇族的长老。"老蛇说，"你们只是无意之举。哦，这里也不是我们的家，只是我们蛇族用来祭祀的地方。"

"天呐，祭祀？"跳跳惊叫了一声，莫西西慌忙捂住他的嘴。

听了老蛇的话，莎莉更加不安起来，支支吾吾地说："长老，我们，我们这就离开。"

"夫人，我们没有让你们离开的意思。"蛇长老说，他的眼睛里流露出哀伤的神情，"就在昨天，我们的王在狩猎时遭遇了不测，今天我们聚集在这里，就是准备为她举行祭拜仪式。如果你们不介意的话，可以作为嘉宾观礼。"

莎莉看了看几个孩子，松了一口气，"我得问问孩子们。"莎莉对蛇长老说。

"我们还是出去吧，外面的空气多好啊！"跳跳急忙说。

莫西西被蛇长老的话打动了。心想：蛇的祭拜仪式，是多么难得见到的场景，为什么不看看呢？他对妈妈说："既然来了，我们还是去观礼吧！"

"我才不去呢，多恐怖啊！"跳跳伏在莫西西的耳边说，"再说了，蛇的追悼会有什么看头？"

小豆子对蛇的追悼会很感兴趣，大声说："长老这么热情，我们不去就不礼貌了。"

蛇长老满意地点了点头，慢慢回转身爬向里面的洞口。

跳跳也不好再说什么，咽了咽口水，从莫西西身上跳了下来，跟在莎莉的后面慢吞吞地走了进去。

5. 蛇的追悼会

钻进洞口，又前行了十余米，眼前豁然开朗。

"真是别有洞天。"莎莉和孩子们都很惊讶。这是一个巨大的石洞，在大厅的前面有一座高高的平台，莎莉想那一定是祭祀的地方了。大厅的四周，倒挂下来的石钟乳上发出蓝幽幽的光芒，不知道是萤火虫，还是其他什么东西做成的"灯笼"，把大厅照耀得如同白昼。在宽阔的大厅里，蛇族们整齐有序地排列在一起，它们吐着舌头，发出令人恐惧的声音。听见众人的脚步声，蛇族们都回过头来好奇地打量。

第一次看见这么多的蛇，跳跳非常害怕，他紧紧地挨着莫西西，小心翼翼地向前移动。

"尊敬的客人们，请你们在这儿观礼。"蛇长老说。安顿好莎莉一行，他慢腾腾地爬上平台，咳嗽了一声，说："今天，我们蛇族聚集在这里，是为了悼念我们的大王。唉！可怜的大王。"

他的话一说完，蛇族们都发出"哧啦哧啦"的声音。等众人安静了下来，蛇长老才开始说话："今天，我们很荣幸地邀请到了几位客人来观礼,他们将见证大王的葬礼,宣扬大王伟大的功绩,也会向森林里其他的族群传播——那翱翔在空中的恶魔,那长着巨大翅膀的怪物,正是它们,让我们的大王失去了宝贵的生命。当然,大王是为了保护族人,才献出了自己的生命……"

"蛇族的大王肯定是遭遇了不测。"跳跳在莫西西的耳边说,"要是我没猜错的话,一定是被金雕袭击了。"

金雕?莫西西想起猫头鹰博士说过自己是金雕,可是博士一点儿也不凶狠,他才不可能杀死蛇族的大王呢,怎么会是金雕呢?那么金雕是怎样一种凶猛的家伙,能让蛇族的大王丢了性命?

莫西西正在胡思乱想的时候,蛇族们的祭祀开始了。大平台上,十二条身材粗壮的大蛇敲起蛇皮鼓——那些蛇皮正是他们生长的过程中褪下来的。四条青色的小蛇扭动身躯,跳着奇怪的舞蹈。

"至高无上的自然神,请您垂怜我们,引导我们大王的英魂去往天国。"蛇长老虔诚地祈祷。

鼓声中,蛇族都匍匐下身子。"我们是不是也应该这样?"跳跳环视四周说。

"我想是的,妈妈说过,尊重他人是礼貌的表现。"莫西西学着妈妈的样子弯下腰,深深地鞠躬。

"……逝去的魂灵,飞去天国吧,那里银河璀璨,星光点点,照耀我们的灵魂……"蛇长老神情庄重,念念有词。在他的颂念声中,两条浑身乌黑的大蛇抬着大王——准确地说是大王褪下的皮,将其恭恭敬敬地放在一张石台上。蛇长老来到石台前,晃动着脑袋,众蛇也纷纷晃动脑袋。

"这真是壮观的场面。"小豆子说,我要把它记录下来。他拿出一片树叶,铺在跳跳的头顶上,认真地画了起来。

"呜哇,呜哇——"蛇长老发出尖利的叫声,他慢慢地转过身子,像变魔术一样,从身后拿出一根细长的棍子冲着空中说,"大王飞升了,他的灵魂会保佑族群,呜哇——"

一场庄严的祭祀仪式在蛇长老的主持下圆满结束了。他神情萎靡地对众蛇说:"大王用自己的生命保全了我们的族群,英灵永存,我们将永铭在心。在下一个月圆之夜,我们还会聚集在这里,推举出新的大王。今天大家就散了吧!"

在一阵喧闹声中,蛇族们退了出去。

"真是惊心动魄!"莫西西感觉像做梦一样。

"只要没吓着你们就好。"蛇长老说,他把手中的棍子拍了拍,那根棍子立刻软软地垂了下来,缠在了他的尾巴上。原来那是蛇长老豢养的一条小蛇。跳跳的嘴都快合不拢了,他摇着头连声说："太不可思议了，太不可思议了。"

"我不得不说，你们的到来，为我们神圣的祭祀仪式增添了光彩。"蛇长老诚恳地说。

"请问长老，你们大王是被金雕杀死的吗，那是一种什么怪物？"这个问题，莫西西已经想了好一会儿，再也忍不住，便说了出来。

"那可怕的恶魔。"蛇长老露出痛苦的表情，他咬着牙齿说，"就在昨天中午，我们的大王带着族人在草地上追捕田鼠，那只长着翅膀的巨大怪兽从空中冲下来，用利爪抓住了我们两个伙伴……"

"多么恐怖的生物啊！"

"是的，那恶魔飞到半空中，把我们的伙伴丢了下来，伙伴顿时失去了性命。"蛇长老仰望着空中，回想起那可怕的一幕，也不禁打了一个寒战，"面对恶魔的攻击，族人们四处逃散，我们的大王，啊，英勇的大王独自一人冲了上去，和强大的恶魔搏斗，但他哪里是那个家伙的对手？很快就被那个恶魔抓走了……后来，后来，我们找到了大王的皮囊，啊，我们可怜的大王……"蛇长老哽咽着，讲述了大王遇难的经过。

"真是可恶的家伙。"莫西西说，"下次遇见了那个叫金雕的家伙，一定要好好教训他！"

"谢谢你,但你一定要注意那个恶魔的利爪,它是天底下最恐怖的武器。"蛇长老说。

莫西西点了点头。

莎莉拥着儿子,她对儿子的勇敢深感欣慰。

好一会儿,蛇长老才调整好了情绪,他说:"尊敬的客人们,打扰了你们宝贵的休息时间,在此我深表歉意。夜深了,我们要去围猎了——你知道的,女士,这样的仪式是很费精神的,我的肚子都饿瘪了。"他转动了一下眼珠,盯着跳跳看了看,咽了咽口水。

跳跳被他的眼神和动作吓了一跳,本来还要问的几个问题也吓回到了肚子里。

一阵寒暄过后,蛇长老带着几个随从离开了山洞。

"我觉得这个长老看跳跳的眼神有些奇怪。"莫西西说,"跳跳,你以前认识他吗?"

"我才不想和他认识呢!"跳跳撇了撇嘴说,"这个浑身散发出阴冷气息的老家伙。"

莎莉笑了笑,便带着孩子们回到前洞休息。

这个夜晚对于莫西西来说,是一次神奇的经历。但接下来的时间对于跳跳来说,却是一个难以入眠的夜晚。天亮的时候,跳跳的眼圈都变黑了。

第七章

1. 一战成名

　　天气格外好，阳光透过树叶，投下斑驳的影子。刀疤斜靠在舒服的座椅上，打算出去狩猎。但是他不想带上阿狈和雄炳，这两个家伙天天跟在屁股后面，时间长了，多少有点厌烦。

　　用刀疤的话说：天天啃一根骨头，没有什么滋味。阿狈虽然能出很多主意，可是一个瘸子跟在身边，狩猎的时候反倒会成为累赘。雄炳还有重要的任务，那就是监视斐蓝一家。随着时间的推移，斐蓝的两个小崽子变得越来越强壮了，特别是小威，简直是老狼王叱林的翻版，连说话的语气都那么相像。

　　"这不是一个好苗头。"阿狈忧心忡忡地说，"现在小威一出现在族人面前，那些族人就变得规矩起来，就像以前尊重老狼王那样尊重他，我怀疑他们把这个小崽子当成叱林了。"

　　"都是些忘恩负义的家伙！"刀疤气呼呼地说，"要不是那个可恶的规矩，老子老早就干掉斐蓝和她那两个小崽子了。"

　　"大王，你别忘了小威向您下过挑战书。"雄炳摸了摸下巴说，"再说了，斐蓝可是一个大美人。"

这个笨蛋连一句动听的话都不会说，真是气死人了。刀疤恨不得一脚把雄炳踢到山的那一边去。

见刀疤的脸色不善，阿狈急忙说："大王也不必过于担心，族人里大部分人都是向着大王您的，至于那些见风使舵的家伙，他们暂时还不会蠢到去拥护斐蓝和她的两个小崽子。"

刀疤想了想，觉得阿狈的话不无道理。他喝了一杯鹿血，"啊呸——，这些偷懒的家伙，进贡上来的鹿血连血的腥味都没有，简直像山沟里的臭水一样。"刀疤骂咧咧地把杯子扔到地上，鹿血洒得到处都是。雄炳慌忙跑过去，伸出舌头把没有浸入地里的血渍舔了个干净。

"大王，今天的天气这么好，麋鹿们可都出来了。"阿狈谄媚地说。

刀疤瞅了瞅天空，棉花团一样的白云，一会儿变成了麋鹿，一会儿又变成了岩羊。"好久没有去舒活舒活筋骨了。"刀疤冲着雄炳的屁股就是一脚，说，"吩咐下去，大王我今天要去狩猎。"

"终于可以吃上新鲜美味的肉了。"雄炳舔着嘴角上的血渍，屁颠屁颠地跑了出去。

等他传达完消息回来的时候，刀疤已经走了。"呸！吃香喝辣的就不带我们去。"雄炳看着跷着二郎腿躺在刀疤舒服的座椅上的阿狈抱怨说。

"你还有更重要的任务。"阿狈给自己倒了一杯鹿血说,"大王吩咐了,你可要看好斐蓝一家,这是一项非常重要的任务,你还不赶快去?"

看着阿狈得意洋洋的样子,雄炳一肚子的怒火,心想:你这个瘸腿的家伙,凭什么在我雄炳的面前指手画脚?他怒气冲冲地走上前,拿起桌上的鹿血一饮而尽。阿狈被他的举动吓住了,急忙从椅子上跳了下来。

"这把椅子也该我坐坐了。"雄炳瞟了一眼阿狈,一屁股坐了上去,"呀,垫着皮褥子的椅子真舒服。"

"当然,这张椅子早就该炳哥坐了。"阿狈一脸媚笑,心里却想:就你这样头脑简单的家伙,也配坐这张椅子?这张椅子可是老狼王叱林的,现在只是被刀疤霸占了而已。要是斐蓝两个孩子中的一个壮大起来了,会不会把这张椅子再搬回去呢?他被自己这个念头吓了一跳。

忽然,外面传来一阵喧闹声,阿狈慌忙走出去察看。原来是斐蓝带着两个儿子回来了。

斐蓝步调优雅,金黄色的毛发在阳光的照耀下,闪烁着瑰丽的光芒。"她还是那么美丽。"众人低声议论。小武和小威拖着两头肥美的岩羊,走在她的身后。"这两个小伙子真是太能干了!"众人感叹道。

"妈妈,把我这头岩羊送给族人吧!"小威对斐蓝说。斐蓝用赞许的目光看了看小威,这孩子的心真细致。

小威把猎物放在空地上,大声说:"大伙儿把它分了吧!"族人发出欢呼,争先恐后地围拢过来。自从刀疤掌权后,狼族们狩猎得来的猎物,都必须把最好的部分贡献给刀疤,留下肋骨肉、头骨这些东西给自己或是女人和孩子,至于那些老弱病残的狼们,就只能得到一些骨头和皮毛。如今,小威把一头肥硕的岩羊无偿地送给大家,对于很久没有吃上饱饭的狼族们来说,简直是雪中送炭。

"多好的孩子,就像她的母亲一样善良。"

"依我看呐,更像咱们的叱林大王。"

"是啊,是啊。要是叱林大王活着就好了。"

"小威不就是咱们的狼王嘛?"

"天呐,你怎么敢说这样的话?要是刀疤听见了……"

听着族人议论,阿狈想这还得了,刀疤大王才出去这么一会儿,这些家伙就站在斐蓝那边了。"要翻天了,要翻天了。"他说。

雄炳放下杯子,打了一个嗝,好奇地问:"太阳还在天空中呢,又要翻什么天了?"

"你这个笨蛋,你不看看外面,那个小威正在树立威信呢!"阿狈说,"他把好大一只岩羊送给了其他人。"

"岩羊?"雄炳咽了咽口水,"白送给人家吃了?"

"他在收买人心。"

"真是反了他了,竟敢不送给刀疤大王,白送给那些蠢货。"雄炳气愤极了。他怒气冲冲地走了出去。

"雄炳,给那个不知好歹的家伙一点颜色看看,让他瞧瞧不尊重刀疤大王的下场。"阿狈高声叫着,也一瘸一拐地跟了出来。

雄炳一出现,众狼都纷纷躲开了。"你这个不识好歹的家伙,竟然把这么肥美的猎物白送给他们吃。"雄炳瞅着地上的肥羊,气势汹汹地对小威说。

"这个头脑简单的雄炳。"阿狈暗骂道,"连话也不会说。"

"这是我的权利。"看着不可一世的雄炳,小威不卑不亢地说,"我想送给谁就送给谁。"

"那你为什么不送给刀疤大王?"雄炳气呼呼地说。

"我为什么要送给那个寄生虫?再说了,他算哪门子的大王?"

"哇,你真是吃了豹子胆了,竟敢这么污蔑我们的大王。"雄炳吼叫着,大呼一声扑向小威,"我一定要好好惩罚惩罚你这个小东西。"

"来吧！"小威避开雄炳的一扑，立住脚跟道。

"小威，不要……"眼见要发生恶斗，斐蓝立即站出来阻止小威。

"妈妈，别怕，我正要会会这个走狗呢！"

"你说什么，我可是狼，你敢说我是狗？"雄炳怒不可遏，他张开双臂，猛地扑了上去。

小威的身形一闪，如疾风般避开雄炳的致命第一击。一击不中，雄炳的胸膛都快炸开了，他发动更加猛烈的攻势，在空地上，"呼呼"的风声和连连吼叫不绝于耳。族人都退到一边，看着两条身影闪动，心都提到了嗓子眼。

"愿叱林的在天之灵保佑小威。"斐蓝暗暗祷告。和她的心情一样，许多族人都希望小威能取得胜利，击败雄炳。

"雄炳，你这个笨蛋，咬呀，咬断那个小子的喉咙！"阿狈的眼睛里闪动着血丝，他高声呼叫，仿佛雄炳已经咬断了小威的脖子，那可就有热血可以品尝了。

但他的叫唤很快引来族人的不满，这个满肚子坏水的瘸子，除了刁难族人，对族群一点儿贡献也没有，还在这里对族群的内部纷争指手画脚。一头站在阿狈后面的狼伸出爪子在阿狈的头顶上重重地敲了一下，阿狈只觉得眼冒金星，跌跌撞撞地冲向格斗场地。

雄炳一看阿狈喝醉了一样闯进来，慌忙向一边躲闪。小威瞅住战机，狠狠一口咬住他的前爪，雄炳哀嚎一声，倒在地上。只听"咔嚓"一声，他的前爪被小威咬断了！

"嗷呜——"族人欢呼着，围上前来，簇拥着小威，"英雄，我们狼族的英雄！"众狼叫道。

雄炳失去了战斗力，倒在地上可怜巴巴地望着小威。

"你只是一只迷失了方向的狼。"小威瞥了他一眼，说，"我不会杀死你。"

雄炳惭愧地低下了头颅。此刻，阿狈偷偷地溜走了。

2. 责任

夜晚的天空中挂满了星星，它们眨着眼，看着山坡上那一支疲惫的大熊猫队伍。族长莫飞抖擞精神，挨个察看每一个大熊猫家庭。

"好好休息，明天还有更长的路要赶。"他对大熊猫们说。大伙儿对族长的关怀深表感谢，却不知道说什么好。连日赶路，大家都疲惫不堪，连开口说话的力气都没有了，一停下来，大家就伸展四肢，或躺或卧，修养精神。

"可不能掉队哦，掉队就危险了。"莫达大声告诫族人。

"这个家伙的精力真好。"族人们想。不可否认的是，莫达的废话虽然多一点，但总能够帮助族长出谋划策，解决一些实际的问题，比如食物短缺，莫达让大家找些树皮和蕨类来补充能量；比如老人们走得慢，莫达就让人找来棍棒，让年轻人拉着他们行走……

"离开风车峡谷都快一个月了。"莫达看着天上的月亮说，"你们要知道，天上的月亮又快要圆了，看它多么像半个蘑菇。"莫达对自己的生活经验充满了信心。

莫羽昇坐在一块突出的岩石上，女儿安安已经打起了鼾，他却无法入眠。"莎莉，西西，你们现在在哪里啊？"他看着熟睡的女儿，有些恨自己没有坚持去找寻妻子和儿子。

"我就知道你还没有睡。"一个声音传来。

啊，是族长莫飞。

"他肯定在想莎莉了。"莫达说，"怎么能睡得着呢？"

莫飞挨着莫羽昇坐下，说："我相信莎莉会好好地带着孩子，她是一个很负责的母亲。"

"是的。"莫羽昇低声说。

"莎莉终究是一个女人，带着孩子独自行动，还是很不安全的。"莫达说，"要是我，肯定也放心不下。"

莫飞不满地看了莫达一眼。但莫达的话深深触动了莫羽昇，莫羽昇嗫嚅道："我也这么想的，可是……"

"如果你实在放心不下,就去找她们吧!"莫飞说,"这也是你作为丈夫和父亲的责任。"

"羽昇,我知道你放心不下,就去吧!"莫达拍着莫羽昇的肩头说,"至于安安,你放心,我会把她好好带到福坪竹海的。"

莫羽昇感激地看了看莫飞和莫达,说:"谢谢你们。"

"我们可是好兄弟,客气什么?"莫飞说,"路上可得注意安全。"

莫羽昇点了点头,俯身吻了吻熟睡的女儿,站起身,走进浓浓的夜色中。

阿狈突然出现在眼前的时候,刀疤几乎不敢相信自己的眼睛。要不是阿狈呼叫他,他还以为又出现了一头猎物。

"你这个家伙不在营地待着,巴巴地跑这么远来迎接我。"刀疤得意洋洋地指着身后一堆猎物说,"这一次捕获的猎物不少,看在你这么忠心的分上,到时候多分一份给你。"

阿狈哭丧着脸说:"我的大王啊,出事了,出大事了!"

"哭什么,我这不是回来了吗?"刀疤不喜欢阿狈眼泪鼻涕的样子,这简直搅坏了他游猎的兴致。

"翻天了,我的大王,那些可恶的族人都站到斐蓝那一边,要和你作对。"

"什么？！"刀疤咆哮起来，"可恶的家伙！雄炳那个笨蛋干什么去了，他不是监视着斐蓝她们么？"

"别提了。"阿狈抹了一把鼻涕，"他被小威那个小崽子咬断了爪子，现在怕是都成了别人的板上肉了。"

刀疤倒吸了一口冷气。但他很快镇定下来，恶狠狠地说："咱们这就赶回去，非得把那个小崽子撕成碎片不可。"

但刀疤扑了个空，斐蓝已经带着两个孩子离开了营地。小威击败了刀疤的得力助手雄炳，一战成名，赢得了族人的敬重，可是也埋下了无穷的祸患，睚眦必报的刀疤是不会罢休的，报复肯定很快就会到来。

"走吧，我们离开这儿。"斐蓝对小武和小威说。

"为什么要走呢？弟弟不是刚刚打败了雄炳么？"小武不解地问。

"刀疤可不是雄炳，他的手段更加厉害。"莎莉不无担忧地说。

小威扫视了众族人一眼，说："我才不怕刀疤呢！"

"孩子，你的力量还不足以和刀疤抗衡，我们要暂时避开他。"莎莉对儿子说，"面对强大的敌人，不能蛮干，一定要避其锋芒。要知道，最终的胜利可不是靠热血和冲动取得的，还需要时间和智慧。"

丛林里，斐蓝带着两个儿子星夜兼程，穿过森林，涉过溪流，向着乌拉拉山进发。"一战成名的小威会滋生骄傲的情绪，那是致命的，作为他的母亲决不能让他去涉险。"莎莉对自己说，我一定要尽到一个母亲的责任，帮助小威取得最终的胜利。

3. 受伤

跳跳对蛇长老阴冷的眼神始终耿耿于怀。

"我觉得他不怀好意。"跳跳说，"我从来没有看见过那么阴险的目光。"

"那是当然了，他想吃掉你。"小豆子说，他曾经在森林里见过一条巨大的蟒蛇吞食了一头小野猪，而且那头野猪的个头比跳跳大多了。

"别说了。"跳跳打了一个冷颤说，"这也太恐怖了。"他加快了脚步，紧紧跟在莫西西的身边，还不时地朝四面张望。

"别紧张，小豆子是吓唬你的。"莎莉安慰跳跳说。

"才不是呢。我还以此为题材作了一幅画，叫什么来着，哦，对了，叫《挣扎》。"小豆子说，"要不我找出来让你们看看？"

"才不要呢！"跳跳没好气地说，"你再吓唬我，我就把你扔下，让你一个人走。"

小豆子马上闭上了嘴巴。

莫西西被两个伙伴逗乐了,他抬起头正要大笑,忽然发现一个巨大的黑影在头顶盘旋。"那是猫头鹰博士吗?"莫西西问道,"他怎么一直在天空中不下来呢?"

跳跳仰起头,脸色大变,惊叫道:"我的妈呀,是金雕!"

盘旋在天空中的正是金雕雅伦。

牧云一天天长大,捕猎的能力也与日俱增,这让雅伦很是高兴。就在一天前,牧云外出捕猎时,遇到了蛇群,并成功将蛇王抓了回来。这条肥滚滚的蟒蛇不甘心沦为金雕的盘中餐,用身躯紧紧地缠住牧云,差点让飞到半空中的牧云窒息,从云端掉落下来。幸好雅伦及时赶到,用利爪撕开了蛇王的肚皮,救了牧云一命。

"孩子,你成长得很快,要不了多久你就可以独自生活了。"在饱餐了蛇肉后,雅伦对儿子说。

"我不愿意离开妈妈。"牧云摇着头说。

雅伦用怜爱的目光看着牧云说道:"孩子,每一个金雕长大了,都要独自生活,然后组建新的家庭。"

牧云知道,一旦母亲让他离开,自己就再也不能回到自己熟悉的这片领地了,因为这也是母亲的领地,是母亲赖以生存的场所。

"我亲爱的孩子,我希望你记住,捕食比我们弱小的人,远离比我们强大的人，团结能给我们好处的人，这是生存的重要法则。"

牧云点了点头，他向母亲保证一定把这句话铭记于心。

雅伦决定带着儿子去往更远的地方狩猎，这也是她最后一次带领儿子飞翔和捕食。牧云心怀感激，也有些忧伤。他的翅膀滑过云朵，划破空气，向天地相接的地方飞去。"我将要去拓展自己的领空，找到属于自己的生活。"牧云想。他俯瞰大地和森林，心中豪气干云。

不久，他发现丛林里有几只奇怪的动物在缓慢地走动。真是"踏破铁鞋无觅处，得来全不费功夫"。他向母亲发出讯号。雅伦借着气流滑翔到半空中，地面上走动的家伙看起来是那么的渺小，但她还是用敏锐的目光认了出来——那是来自高山峡谷的大熊猫。

"大熊猫看起来笨笨的，但他们手掌上的力气可不能小觑。"雅伦飞回到儿子身边说。

牧云说："那我们还是去寻找其他目标吧！"

"那也不需要。"雅伦说道，"下面还有一只小山猴呢，那可是美味的食物。"

雅伦决定从正面进攻，分散大熊猫的精力，让牧云从侧面偷袭，抓住那只小山猴。计议已定，两人立即采取行动。

莫西西最先发现金雕雅伦。雅伦的翅膀投下巨大的阴影,裹挟着风声,从半空中俯冲下来。

"危险,快躲进树林里!"莎莉大声呼喊孩子们。

莫西西慌慌张张地向着一棵橡子树下奔去。跳跳早吓得灵魂出窍,从莫西西的背上跳下来,手脚并用,爬到树上躲了起来。

莎莉看见莫西西躲了起来才放下心,等她回过头来,金雕尖利的爪子和如刀的长喙赫然在眼前!

"绝不能让孩子们受到伤害。"莎莉想,她提起手掌抡了过去。

雅伦被莎莉的回击弄了一个手忙脚乱,心想要是被击中就惨了。她急忙侧飞,躲过了莎莉那一掌。但她下降的速度太快了,莎莉的掌风扫中了她的翅膀。哼的一声,雅伦重重地摔在地面上。

从侧面偷袭的牧云不见了小山猴的踪影,但母亲摔在地面的场景一目了然,他折过头冲着莎莉飞去。"只要击倒了这个大家伙,就能救下母亲。"他想。

听见风声的莎莉感觉到危险,急忙转身,应付从空中偷袭的牧云。

牧云的利爪更加尖锐,在划破了莎莉的肩膀后,又用结实的翅膀拍打莎莉的脑袋。这时,雅伦从地面上站起来,她舒展开翅膀,双脚一跃,从背后向莎莉发起进攻。

"小心!"莫西西和跳跳齐声大呼。

但莎莉已经来不及转身去对付雅伦了。她只觉得后背一阵剧痛,一个踉跄,朝前扑倒。雅伦一得手,攻势更加猛烈。

"真不要脸!"莫西西跳了出来,呼叫着"看掌",两手乱舞,砸向雅伦。雅伦被他的气势吓住了,顾不得倒在地上的猎物,高声呼唤牧云撤退。

两只金雕渐渐远去,莫西西才停下来,他气喘吁吁地扶起倒在地上的母亲。

莎莉吁了一口气,刚才真的太危险了,"你不该出来涉险的。"她用责备的眼神看着儿子说。

"妈妈,你受伤了。"莫西西看着妈妈的后背,都快要哭出来了。

莎莉的后背被金雕用爪子拉开了一道口子,鲜血顺着伤口涌了出来,很快染红了一大片。

"怎么办啊?跳跳,你快来呀,妈妈受伤了。"看到鲜血,莫西西手足无措,只能大声呼喊朋友来帮忙。

"这点伤不算什么。"莎莉强忍着疼痛,站起身来。

"妈妈,都是我不好,害你受了伤。"莫西西说着,泪水在眼眶里打着转儿。

"你是最勇敢的孩子。"莎莉说,"是你救了妈妈。"

跳跳从树上跳了下来,他惊魂未定,身子瑟瑟发抖。"天呐,这该怎么办呀?"他看着莎莉的伤口说。

"你们扶我到树下去。"莎莉有气无力地说。

两个孩子扶着莎莉到树下坐下。"快去找些树胶来。"莎莉说。

"妈妈要树胶干嘛?"尽管不知道树胶的用途,莫西西还是急急忙忙地寻找树胶去了。跳跳是寻找树胶的高手,不一会儿就找了一大把回来。莎莉把树胶和泥土混在一起,让莫西西敷在她的伤口上,很快,伤口不再流血了。

"我可没法给你们准备食物了。"莎莉说。

"我去找吃的,你就在这里休息吧。"看到妈妈不再流血,莫西西心安了许多,"我要找许多吃的回来,那样妈妈才会很快康复起来。"

4. 竹鼠小胖

莫西西带着跳跳外出觅食。为了不让妈妈孤单,莫西西请求小豆子留下来陪伴妈妈。

莎莉看了看这只小小的蜗牛,笑着说:"孩子们都去吧,我一个人就行了。"

"女士,你这是对我的不尊重。"小豆子嘟着嘴说,"你是看我小小的个头,没法保护你,是不是呀?"

"哟,大画家生气了。"莎莉说,"我是怕你和朋友们分开不太适应呢!"

一听莎莉称自己为"大画家",小豆子高兴起来,说:"亲爱的女士,我们都是老朋友了,分开一会儿算什么呢,我愿意陪着你。嗯,我的故事太多了,特别是从事绘画艺术以来……"

跳跳是爬树的高手,他攀上树枝,采摘了一大堆甜美多汁的果实。莫西西也不甘示弱,在一处山坳里,他发现了一小片竹林,由于气候潮湿、温暖,一些竹笋从地底下偷偷冒出头来。鲜嫩的竹笋营养丰富,可是妈妈最喜欢的食物了。莫西西乐坏了,他埋下身子,双手刨土,挖掘竹笋。很快,莫西西就挖了十几根竹笋。

突然,他听见身后响起粗重的呼吸声,那声音就像一个酣睡的人打着呼噜一样。这可不是跳跳的声音啊,莫西西吓了一跳,他急忙转过身子来,只见不远处站着一个胖乎乎的小家伙。

"呼呼,你是谁?为什么要偷我们的竹笋?"那个长着一身棕黄色皮毛的胖子说。

这一片竹林难道是这个小胖子家的？莫西西望了望四周的竹林，说："请问，这些竹子都是你家的吗？"

那个小胖子眨了眨圆溜溜的小眼睛，迈着短腿，走到一根竹子跟前，用肥胖的小爪子拍了拍竹子说："那是当然。"他打量了一下莫西西，想：这个大家伙怎么穿着和我颜色差不多的衣服，难道是我们家的亲戚？嗯，不对，我们家的亲戚可没有他这么庞大的个子，还是不惹他为好。

"既然你知道是我们家的竹笋，那就快走吧！"小胖子说。

这个小胖子看起来怎么这么熟悉呢？莫西西感到有些奇怪，但他一时半会儿又想不起来了。"既然是你们家的，那我就不采竹笋了。"莫西西不好意思地说，他弯下腰抱起采摘好的竹笋准备离开。

"别动！"小胖子厉声说，"那可是我们的竹笋。"

"我只是，只是……"莫西西红着脸说，"我的妈妈受伤了，需要这些食物，可不可以……"

"不行！"小胖子大声说，"我才不管你妈妈受不受伤呢，你拿走我们的竹笋就是不行！"

莫西西不知道该怎么办好。这时，一个熟悉的声音在头顶响起："贼喊捉贼，真是太好笑了。"

"博士!"莫西西喜出望外,抬起头,看到猫头鹰博士浩克正站在竹枝上,随着竹枝一起一伏。

"你这个可恶的扁毛,你才是贼呢,你们都是贼。"小胖子看见浩克,眼睛里闪过一丝惊惶,他恨恨地咒骂道。

"喂,竹鼠小胖,我可是找了你们好久了。"浩克一脸讥诮地说。

"竹鼠?"莫西西恍然大悟,原来看起来熟悉的这个小胖子就是竹鼠。以前在风车峡谷的时候,安安就告诉他,竹鼠是极坏的家伙,专门啃食竹子的根茎,许多竹子都因此死去了,害得族人们常常吃不饱饭。安安还说,竹鼠的肉可好吃了,她就吃过。

"原来是你们这些坏家伙。"莫西西说。

浩克飞下枝头,站在莫西西肩上说:"如果刚才没有听错的话,莎莉女士受了伤?"

"是啊,我们遭遇了金雕,妈妈为了保护我们,受了伤。"

"金雕?!"浩克和竹鼠小胖都变了脸色,慌张地四处张望。

"被我们赶走了,可是妈妈需要食物才能恢复。"莫西西眼睛红红地说。

浩克博士对自己刚才的过激表现感到脸红,他咳了两声,说:"既然是这样,这些竹笋是远远不够的。"

"可不是吗，可他还不准我拿走这些竹笋呢！"莫西西的眼泪都快下来了。

浩克低声说："我有办法。"他对小胖子说："我说竹鼠小胖，我们从你那儿借点儿东西，行不行？"

"不行，那些竹笋不许拿走！"竹鼠小胖大声说。

"我们不要竹笋。"浩克说。

"那你想要什么？"

"你的肉啊。"浩克说完，箭一般地飞向竹鼠小胖。

莫西西大吃一惊，心想竹鼠小胖的肉有什么用呢，非得要借来？

竹鼠小胖哎呀一声，转身就跑，边跑边喊："爹呀妈呀，救命啊——"

浩克哈哈大笑，利爪抓向竹鼠小胖的后颈。就在这一刹那，地面突然裂开了，竹鼠小胖"呼"地一声掉了下去。

浩克扑了个空，大叫"可惜"，莫西西赶忙跑过去，一看，原来地面上有一个圆圆的大洞，竹鼠小胖落进了洞里。

"真是狡猾的家伙。"浩克拍了拍翅膀遗憾地说，"他就是利用这个洞逃掉了。"

望着莫西西和浩克离开的背影，悄悄探出头来的竹鼠小胖才长长地吁了一口气。

"儿子，今后看见大熊猫和长得像猫一样的家伙都要离远一点。"老铁从地洞里钻出来，对竹鼠小胖说，"他们可都不是吃素的。"

填饱了肚子，莎莉有了精神，她看着孩子们关切的目光，笑着说："都去休息吧，明天还要赶路。"

"可是，妈妈，你伤得那么重，怎么赶路啊？"莫西西无比担忧地问道。

"不碍事。"莎莉说，"以前妈妈从山坡上跌落下来，伤得比现在还要严重呢，第二天还是生龙活虎地继续干活。"

"要是爸爸在这里就好了，妈妈就不会受这么严重的伤了。"莫西西伤感地说。他把头靠在妈妈腿上，说："妈妈，你说爸爸为什么不跟着我们一起去福坪竹海啊？"

莎莉望着深邃的夜空，幽幽地叹了一口气，过了好一会儿才说："孩子，你爸爸没有跟着我们一起走，是有不得已的苦衷，你千万不要责怪你的爸爸。"

莫西西似懂非懂地点了点头。

由于莎莉受了伤，一行人行程慢了许多。浩克负责探路，往往等上大半天才看见莫西西一行赶上来。"走得这么慢。"浩克想，也好，等他们的同时，我还可以睡睡觉呢。第五天过后，莎莉的伤口好了一大半，孩子们的担心才渐渐减少，莫西西的脸上也露出了笑容。在照顾妈妈的这几天里，莫西西在朋友们的帮助下，学会了寻找食物，也懂得了很多的道理。

"妈妈，我发现许多植物的嫩叶都是可以吃的。"单独和妈妈在一起的时候，莫西西把自己的发现告诉给妈妈。

"是啊，在食物短缺的时候，嫩树叶也可以填饱肚子。"莎莉对儿子的进步感到高兴。

"我还发觉，我现在很喜欢和朋友们待在一起。"莫西西认真地说，"他们不但帮助我，还给我带来了很多快乐。"

"只有真诚的心灵才能赢得朋友，才能收获无尽的快乐。"莎莉对莫西西的行为给予鼓励。

……

这一天，前去探路的浩克带回了一个好消息：再翻越三座大山就到福坪竹海了！

这个消息让众人感到振奋。但他们不知道的是，危险正在步步逼近。

5. 遭遇战

在浩克的指引下，莎莉带着孩子们翻过了一座山头。站在高处，远远地能望见福坪竹海峡谷上方高高耸立的雪山。"快到了，快到了！"跳跳翻了一个跟斗，兴奋地说。

但他太得意忘形,忘记了小豆子还站在他的头上,只听"哎呦"一声,小豆子被扔出老远。

"我的屁股,疼死了。"小豆子哼哼唧唧地爬起身来,大声呼痛。

"不好意思,我一高兴把你忘记了。"跳跳满怀歉意地说。

莫西西感到奇怪,便问道:"小豆子有屁股么?"

"当然有啦,只不过一般人看不见而已。"跳跳悄声说。

跳跳的话还是被大家听见了,小豆子一脸不高兴,连声咒骂跳跳,大家被他的话逗得哈哈大笑。

就在这时,一直站在高处的浩克突然"咕咕"地大叫起来。跳跳说:"博士说的是什么话呀?一句也听不懂。"

"恐怕是舌头打了结了。"小豆子咯咯地笑着说。

"不是,他在警告我们。"莎莉嘘了一声,沉声说道,"孩子们,有危险了!"

莫西西和跳跳都紧张起来,四处张望。莎莉俯下身子,侧着耳朵细听,一会儿抬起头说:"这一次,我们遇着狼了。"

"狼,那些长着尖牙利齿的家伙?"跳跳的牙齿开始格格发抖。莫西西被他的情绪感染了,睁大眼睛盯着妈妈,问:"狼在哪里?"

"来了!"莎莉抬起头,倏地站了起来,目光炯炯地看着高处。

顺着妈妈的目光,莫西西看见了两头狼一前一后地站在山坡上,它们冷冷地注视着莎莉和莫西西。

来的正是斐蓝和她的儿子小威。

刀疤的狩猎兴致被阿狈带来的消息瞬间击得粉碎,他怒不可遏。

雄炳被小威咬断了前爪,让刀疤失去了重要的帮手,成了废料;那些分食了小威"白送"的岩羊的族人也开始对他失去了信任,斐蓝一家的出走,更激发了刀疤心中的怒火。"一定要抓住小威那个小崽子,分而食之!"刀疤在屋子里打着转,咆哮道。

"我有更好的办法。"阿狈凑上前说。

"说出来听听。"刀疤来了兴趣。

"这样,这样……"阿狈在刀疤耳边嘀咕了一阵。刀疤瞳孔一会儿张开,一会儿缩小,待听完阿狈的主意,高兴得手舞足蹈,拍着手说:"太好了,就这么办。阿狈,你不愧是我的好军师,好参谋。"

一连几天急行军,斐蓝和两个儿子都变得疲惫不堪。为了躲避刀疤的追踪,母子三个连捕猎的时间也没有。"太饿了。"休息的时候,小武可怜巴巴地对母亲说,"我们还是找点儿吃的吧,我快走不动了。"

"不行!"斐蓝警觉地盯着密林深处。担任警卫的小威低伏在不远的土堆后,一旦有什么风吹草动,他就会向母亲和哥哥发出警报。就在头天晚上,刀疤派来追踪他们的"杀手"差一点发现了他们的行踪,要不是小威机敏,只怕早就被"杀手"们包围起来了,更不要说吃的,恐怕性命都难以保全。

斐蓝对小威的表现甚为满意,这个孩子不仅有着叱林的风范,还更为睿智。"叱林,你放心,小威一定会成为伟大的狼王。"斐蓝望着浩瀚的森林,默默地说,她相信,自己的话一定会随着风送到叱林的耳朵里——哪怕他已经不在世间,可是他的灵魂依然游荡在这片无际的丛林里。

一只兔子从小武的视线里闪过,他吞了吞口水,悄悄瞥了母亲一眼,见她正在朝着另一个方向张望,便蹑手蹑脚地摸了过去。

不久,小威发现了追踪者的身影,他迅速潜了回来,斐蓝也站起身子,准备招呼小武一起离开,但当她回过头来的时候才发现,小武已经不见了踪影。"走吧,他会找到我们的。"在一番寻找无果后,斐蓝垂头丧气地说。

在密林和草丛的掩护下,斐蓝和小威悄无声息地向着最初设定的路线前行。在摆脱了狼群的追踪后,母子俩开始寻找可以果腹的食物。在这个山坡上，小威发现了莎莉一行。

"这是脱离了队伍的旅行者。"斐蓝对小威说，"我看得出来，那头黑白颜色的大熊猫的身上还带着伤。"

"是的，妈妈，我已经闻到了从她身上散发出来的血的气味。"小威舔了舔舌头，磨了磨牙说。

"那个长着棕色毛发的家伙是个什么怪物？"斐蓝喃喃道。

"我才不管呢！"莎莉身上的血渍让小威食欲大振，"妈妈，你不是说，我们是森林里的强者吗，还怕那个长着一身肥肉的怪物？"

"狼吃肉，狗吃屎，熊猫只能吃竹子。"这句话是斐蓝讲给小威的，但斐蓝还是叮嘱儿子不能大意，"这些吃素的家伙可长着厚厚的肉掌。"

雪山上的风从远方吹过来，空气中充满了冷冽的气氛。跳跳慢慢退到莎莉的身后，转身飞快地向着大树跑去。随着一声凄厉的嚎叫，两头狼从山坡上疾驰而来。

"孩子，面对敌人，你一定要勇敢。"莎莉目视前方，对身边的儿子说。

说完，她用双掌拍打着胸膛，发出巨大的吼声："来吧，不遵守誓约的狼！"

第八章

1. 妈妈的歌

小威的身形似箭,在距离莎莉还有两米多远的地方倏地弹跳起来,棕栗色的身体如同一抹流动的影子,直奔莎莉的喉头。与此同时,斐蓝发动了进攻,她的身体几乎和地面平行,奔跑的四肢晃起一片光影。

莎莉完全被扑面而来的劲风罩住。面对奔掠而至的敌人,她不慌不忙,高挥手臂,击向最先攻到面前的小威——这一掌凝聚了她全身的力量,她知道,只有击败了其中一个强敌,才有希望应付另外一个敌人,这是保全自己,也是保护孩子最好的方式。

但莎莉失算了,眼看巨掌就要拍打到小威头上,那头狡猾的公狼猛然一低头,爪子在她的胸膛上一蹬便弹了开去。莎莉微微一怔,只感到腿部一阵巨痛——迅疾而至的斐蓝咬住了她的小腿。

莎莉大叫一声,腰身一挫,双掌顺势击打斐蓝的腰部。"铁脑袋,豆腐腰"说的就是狼。斐蓝自然知道这一击的厉害,急忙松开利齿,滚了出去。腿部受伤的莎莉身子微微发抖,但斐蓝母子俩也是死里逃生，不敢轻举妄动。双方站成掎角之势，一动不动，只听见沉重的喘气声。

狼的进攻如同闪电，莫西西还没有看清楚，母亲就被敌人重创，他紧张得大气也不敢出。但见妈妈的腿上流出殷红的鲜血，莫西西心如刀绞，他大叫道："妈妈——"，准备走向母亲。

"别过来！"莎莉不希望孩子加入战团，她大声阻止莫西西危险的行动。

斐蓝瞥了一眼莫西西，对着小威点了点头，小威立刻会意，向着莫西西冲去！莎莉忍痛站起来，可是斐蓝已经不给她援救孩子的机会，龇牙咧嘴，围着莎莉转起圈来。面对眼前的敌人，莎莉一刻也不敢放松，只有眼睁睁地看着那头公狼扑向莫西西。

和狼第一次较量，莫西西手忙脚乱，他学着母亲的样子向敌人反击，但脚下却一个趔趄，身子转了一个圈，一个屁股蹲坐在地上。小威踏上前，嘴里冒着嘶嘶的声响，张开满是锋利牙齿的大嘴，对着莫西西的咽喉咬了下去。

"不要！""狡猾的狼！"站在树上观战的跳跳和浩克大声呼喝。"西西……"莎莉发出撕心裂肺的哀号，痛苦地闭上了眼睛。斐蓝瞅准时机，对着莎莉的喉头就是一口。

"啊——"

"哎呦！嗷呜——"

两声充满痛苦的叫声同时响起！

剧痛中，莎莉睁开双眼，只见咬住自己的母狼已经退到了一边，而进攻儿子的那头公狼却捂着眼睛在地上打滚！

惊恐万分的跳跳和浩克战战兢兢地张开双眼，他们生怕看见好朋友莫西西发生不测啊，但很快他们就被眼前的一幕搞糊涂了——受伤的不是莫西西，而是那头公狼！只见那头公狼高声嚎叫着，在地上打着滚，草丛都被压倒了一片。

莎莉奔向莫西西大声问道："西西，我的孩子，你伤在哪儿了？"

"没，没……没有受伤。"莫西西一脸惶恐，他摸了摸喉咙，颤抖地说。

莎莉悬着的心放了下来，她看着斐蓝扶起了痛苦嚎叫的小威，厉声叫道："来吧，我们不怕你！"跳跳也从树上滑了下来，站在莫西西的身边，手舞猴拳说："我们不怕你，有种的再来打一架。"

小威摇摇晃晃地站起身来，一缕鲜血从他的右眼流了下来。"他的眼睛瞎了。"跳跳说。

"谁说的，我的眼睛没有瞎！"小威怒吼道，张开大嘴准备冲上前去撕咬。斐蓝按住儿子，恨恨地望了莎莉和莫西西一眼，低声说："走吧。"带着儿子缓缓地退进了密林。

原来，在危急之中，莫西西本能地伸出爪子，抓中了小威的右眼。

直到狼消失在丛林深处，莎莉才松了一口气，一下子坐倒在地面上，看着惊魂未定的孩子们，她想要说一句安慰的话，喉头一甜，一口鲜血喷出来，头一歪，晕了过去。

斐蓝偷袭的那一口，咬穿了莎莉的喉咙。

不知道过了多久，莎莉慢慢地睁开了双眼，模糊的视线中，她看见莫西西正跪在跟前，低声地啜泣；小山猴跳跳在身边上蹿下跳，急得抓耳挠腮；浩克博士关切地望着自己。见到莎莉醒来，浩克欢叫了一声："太好了，药物起效了。"

见妈妈醒来了，莫西西惊喜交加，急忙说："谢天谢地，妈妈你总算醒过来了。这也多亏跳跳他们，找来了药物救醒了妈妈。"

莎莉摸了摸脖子，一层厚厚的胶泥已经堵住了伤口。在她昏迷的时候，小山猴跳跳赶忙从森林里采来了树胶，像上一次那样混上泥土，糊在了她的伤口上。她感激地看了看跳跳和浩克，说："孩子们，谢谢你们。"

"妈妈，你好好休息一会儿，我去找些食物来，你吃了就会没事了。"莫西西想起不久前,妈妈吃了自己找来的食物,很快就康复的事情来,慌忙站起身要去寻找食物。

莎莉拉住莫西西的手,说:"孩子,你再陪妈妈一会儿。"

"等妈妈好起来,我就一直陪着妈妈,哪儿都不去。"莫西西眼里含着泪水,低声说。

莎莉忍着疼痛,慢慢地抬起手掌擦去了莫西西脸庞上挂着的泪珠,说:"西西,我的孩子,这一次妈妈怕是不行了……"

"我不许妈妈这么说!"莫西西大声说,"上一次……上一次妈妈受了伤,吃了我们找来的食物很快就好起来了。"

"是啊,莎莉妈妈,让我们去给你寻找食物吧。"跳跳焦急地说。

"乖孩子们,这一次和上一次不一样了。"莎莉喘了一口粗气,把涌上来的鲜血咽了下去,"我的伤太重了,不会好了。"

莎莉叹了一口气,望着天空中的白云,说:"雪山,多么美丽。"她开始出现幻觉,云朵在眼前不断变幻模样;她怀念雪山,怀念青翠的竹林,还有日夜牵挂的女儿安安……

"孩子,你看,爸爸和安安来了,他们……他们,啊,安安长胖了呀……"

莫西西听着母亲的话,眼泪再也控制不住了,像珠子一样掉了下来,他哽咽着说:"妈妈,你很快就会好起来的,爸爸和姐姐……我们一家人很快就团聚了，我们会很快乐地生活在一块儿，再也不分开了。"

"我的乖孩子，妈妈累了，想歇歇了……"莎莉抚摸着莫西西的脑袋，"你还有很长的路要走呢，妈妈希望你记住，不要为自己的外表感到自卑，要勇敢……"

"妈妈，你别说了，你会没事的。"莫西西握住妈妈的手掌，哭着说。

"孩子，你要学会宽容，用心去爱这个世界，去对待生命中的每一个人。"莎莉顿了顿，艰难地笑了笑，断断续续地说，"孩子，我要走了，要去天堂了……那儿……那儿，会遇见你的爷爷呢。嗯，我还想……"她的声音越来越低，眼睛渐渐失去了光彩，但嘴里却轻轻地哼唱起歌来：

"天上星星点点，地上眼睛闪闪。

大手小手牵牵，妈妈宝贝心相连……"

妈妈的哼唱让莫西西仿佛回到了小时候，夏天的夜晚，妈妈带着自己和姐姐一起做游戏，在青郁的草地上打滚；游戏输了，就扑进妈妈的怀里撒娇；累了，就躺在妈妈温暖的怀抱里，数着天上的星星……啊，那是多么温馨而快乐的日子啊！

"我也想妈妈了。"听着莎莉的歌声，跳跳抹着眼泪说。

浩克不忍看到这一幕,转过身子,悄悄地说:"我的鼻子都酸了,哇,千万不能哭呀,呜呜……"

歌声越来越低沉,渐渐地杳无声息,"西西,我的孩子……"莎莉出了一口长气,带着无限的遗憾和眷恋闭上了双眼。

"妈妈——"妈妈的手渐渐没了温度,莫西西知道,妈妈永远离开自己了,他压制不住心中的悲痛,大声地呼喊,声音传出很远很远。

2. 交锋

伤口带来的疼痛,让小威变得愤怒和焦躁,他不停地转着圈子,撕咬身旁的树干,直到树干上的树皮化作碎片。"我一定要亲自杀掉那头可恶的大熊猫!"站在一地破碎的树片上,他尖声吼叫道。

斐蓝没有阻止小威的行为,她静静地看着小威,让他尽情释放内心的愤怒之火。自从出生以来,小威虽然都过着东躲西藏、战战兢兢的生活,但也磨练出了小威坚毅的性格,他聪慧而又残忍,果敢而又决绝——完全符合斐蓝对他教育的期望。

但这一次对大熊猫的行动,却是小威狩猎以来最失败的行动，不仅身受重伤，膨胀的自信心也遭到严重的打击。斐蓝希望儿子在冷静下来后，思考失败的原因——只有这样，他才可以走得更远。

小威的叫声很快吸引来了追踪他们的群狼。这一次是阿狈亲自带的队——刀疤已经不能容忍手下人再犯雄炳那样的错误——他要让斐蓝母子永远消失在这片森林里！阿狈主动请缨，让刀疤感到欣慰，特别是阿狈出的主意，更让他感到放心。

"要把斐蓝和小威干掉！"刀疤恶狠狠地说。

"大王思虑深远，这次一定会马到成功。"阿狈居功不自傲，一通马屁让刀疤如沐春风，他得意洋洋地大笑起来。

阿狈由两条体格健壮的狼轮流负载，行动起来速度一点儿也不慢。在他的指挥下，很快发现了斐蓝和小威的踪迹。

"哈哈，踏破铁鞋无觅处，得来全不费功夫。"阿狈坐在一头狼背上，指着斐蓝和小威大笑道，"斐蓝，你个娘们儿还有你那个小崽子，这一次看你们往哪儿跑！"

"我正等着你们来呢！"小威恨恨地说。他眨了眨受伤的右眼，疼痛深深地刺激着他的神经，让他变得斗志高昂。

"哼，死到临头还这么嘴硬。"阿狈冷哼道，前爪一挥，两头公狼风驰电掣般冲向小威。

"找死！"小威呲着牙齿，发出呜呜的叫声，迎着一头公狼撞了过去。

"这家伙真是不知死活，竟敢硬碰硬。"见此情景，阿狈哈哈大笑，其他狼们跟着笑了起来。

就在转瞬间，小威一个闪腾，错过来敌头颅，一头撞在对方腰上。那头公狼闷哼了一声，身躯横着飞了出去。另一头公狼一愣，小威已一个箭步冲到跟前，大嘴一张狠狠咬住了他的颈部，公狼哀号不已。

阿狈和众狼都被眼前的变化惊呆了，张着嘴发呆，"妈呀，这小子的战斗力也太强了。"他想，看来在刀疤面前的海口夸得太大了点。

"上，都一起上！"回过神来，阿狈大声呼喝众狼进攻小威。

面对蠢蠢欲动的众狼，小威突然发出一声嚎叫。他的前爪踩在身受重伤的公狼头上，仰天长啸，声音激越响亮，穿透云霄。

"天呐，是狼王！"众狼都停住脚步，用惊惶的目光注视着威风凛凛的小威。

"什么狗屁狼王，他不是，刀疤大王才是真正的狼王……"阿狈嘶吼道，"你们这群笨蛋，还不快去把他干掉，上啊，上啊……"

"他是叱林的继承人，是真正的狼王。"斐蓝踏步上前，扫视众狼，高声说道。

"是啊，他是叱林的孩子。"

"叱林，是我们曾经的大王。"

……

众狼议论纷纷，开始慢慢向后退开。阿狈大声疾呼，但众狼不再理睬他，径直向森林深处撤退。阿狈一看情况不妙，急忙催促身下的公狼开溜。那头公狼一耸肩背，阿狈一个倒栽葱滚落到地面上。

"你这个吃里扒外的家伙，我要告诉刀疤大王，让你不得好死……"阿狈摸着跌得生疼的屁股，气急败坏地嚷道。

那头公狼走到小威的跟前，打量了小威片刻，掉转头对着斐蓝，用低沉的声音说道："尊敬的斐蓝，我们都希望你的孩子履行诺言，和刀疤来一场真正的决斗。"

"我会用他的鲜血换来荣誉。"小威冷冷地说。

那头公狼不再说话，俯下头来，转身慢慢离开。

森林里顿时安静下来，阿狈慌张地四处张望，见确实没有其他狼族来帮助自己了，咽了咽口水讨好地对小威说："小……小威，哦，不，尊敬的狼王，我就知道你才是真正的狼王，是正牌货。都怪我多吃了二两油，蒙住了眼睛，才会给刀疤那个丑陋的家伙出烂主意。你就大人大量，大人不计小人过，让我……"

"回去告诉刀疤，我很快就会去找他。"小威打断阿狈的话，沉声说。

"是，是，我这就去。"阿狈瞧了一眼小威坏掉的右眼，但小威左眼冰冷的眼神让他打了一个寒战，忙夹着尾巴一跛一跛地跑了。

第二天中午，小武出现在了母亲和弟弟面前。他的神情萎靡，一副饿了几天的样子。斐蓝怜爱地舔了舔他的毛发。

小威围着小武转了一个圈，小武被他的眼光盯得很不自然，飞快地瞟了小威一眼，便把目光收了回来。

"你有什么心事？"小威问。

"没有，没有。"小武慌忙说，"我才没有心事呢。"他的目光躲躲闪闪。

"我受了伤，右眼瞎了。"小威说。

"啊，是啊，我正要问你。"小武说，"是谁把你的眼睛弄瞎的？"

"大熊猫。"小威没有从小武的眼睛里看出什么异样来。他偏过头，望着丛林深处，突然说："一路上你没有遇见到阿狈和追杀我们的狼群？"

"没有，我连他们的影子都没有看见，我很小心的。"小武的声音越来越低，"怎么会遇见他们呢？"

斐蓝用头挨了挨小武，安慰他说："孩子，你回来就好，我生怕你出什么事。"

"走吧，我们还要去找刀疤呢！"小威鼻子里哼了一声，看也不看母亲和小武，径直走了。

"找……找刀疤？"小武的目光惊惶起来。他不安地问母亲："我们为什么要去找刀疤？他正在追杀我们呢！"

"孩子，躲是躲不过的。"斐蓝望了望小威的身影说，"月圆之夜要到了，和刀疤决斗的时间到了。"

小武身子抖了起来，他说："妈妈，我们不要找刀疤去，我们可以走得远远的，再也不回来了，好不好？"

"小武，你是怎么啦？"斐蓝诧异地看着儿子，仿佛不认识似的，"我们是狼，即使付出生命也要兑现承诺。"

小武不再说什么，他心事重重地望着小威的背影，眼睛里闪出一丝不易觉察的光芒。

3.跳跳被抓了

月亮浮在云层之上，散发着柔和的乳白色光芒。

"多么像妈妈的手啊，温暖的手。"望着夜空，莫西西说。

妈妈的去世，让莫西西备受打击，他沉浸在无法自拔的悲伤之中，看见一草一木，一花一树，以至于月亮、太阳他都想到是妈妈。

"这可不是什么好事。"浩克忧心忡忡地说。

"是啊，悲痛会消磨人的意志的。"跳跳托着下巴，瞅着痴痴呆呆的莫西西说，"博士，你得想个好办法，让我们的朋友坚强起来。"

"哎，这可是伤脑筋的事情。"浩克叹了一口气说，"按照常理，这种情况最好是自我愈合。"

"像这个状态，他什么时候才能自我愈合啊？那要什么时候才能到达目的地啊？"跳跳不无担忧地说，"我们可就没法兑现给莎莉妈妈的诺言了。"

"别瞎操心。"浩克打了个呵欠，说，"说不定他明天就好起来了。嗯，时间也不早了，我得睡觉了。"说完，他闭上了一只眼，打起呼噜来。

跳跳恨恨地望了望这个站在枝头打呼噜的家伙，掏出一颗青果啃了起来。

天刚一放亮，莫西西就醒来了，一睁开眼，就看见面前摆放着一堆竹笋。"难道是妈妈为我准备的食物？"他站起身，高声呼喊："妈妈，妈妈——"

声音在空寂的山谷里回荡，却没有听见妈妈的回音。莫西西丧气地坐在地上，看着食物发呆。

"哟，大懒虫终于醒来了。"跳跳抱着采摘的果子从树上跳下来说。

"扑棱棱——"随着翅膀扇动的风声，浩克稳稳地落在了树枝上，"为了给你准备食物，跳跳天没亮就开始折腾了，害得我也没有睡好。"

莫西西抬起头说："我还以为是妈妈准备的呢！"浩克马上闭上嘴，想自己是不是说错了什么话。

跳跳生气地对浩克说："你这个乌鸦嘴。"

"我可是猫头鹰博士。"浩克嘟囔着说，"我才没有长乌鸦嘴呢！"

"谢谢跳跳。"莫西西真诚地说。

跳跳笑着说："你可太客气啦，我们可是好朋友。"

看着莫西西香甜地吃着竹笋，浩克悬着的心才放回了肚子。

"我就说嘛，你一夜辛苦可不会白费。"小豆子对跳跳说，"我这个办法可比那个博士的管用多了。"

"那是当然。"跳跳边说边爬上树，找了一段树枝坐下，开始享用自己的早餐。

不安生的小豆子摘下一片树叶,用舌头舔干上面的露珠,准备作画。这时,天色陡然暗淡下来。"有一片乌云。"小豆子自言自语地说,"一片移动的乌云。"

那片乌云慢慢扩大了,盖住了日光。浩克抬起头一望,差点从树枝上摔下来,他大叫了一声:"金雕!"

所有人都被他的声音吓了一跳,齐齐抬起头来,但那团乌云携着呼呼的风声,裹住了正专心用餐的跳跳。

来的是牧云。自从盯上了莫西西一行后,他对跳跳格外在意。"啊哈,这只猴子可是美味啊!"牧云对妈妈说,"我一定要抓住它。"

"那你要时刻提防那对大熊猫母子,它们可不是好惹的。"想起上次的偷袭,雅伦心有余悸。

牧云决定跟踪莫西西一行。凭借上升的气流,他无声地滑翔在高空中,监视着莫西西一行的一举一动。大熊猫母子遭遇狼的攻击,莎莉被狼母杀害,莫西西沉浸在悲痛中,都一一地落在他的眼睛里。这让他感到既高兴又亢奋。没了大熊猫的庇佑,小山猴还不手到擒来?但他不敢贸然出击,直到莫西西一行疲惫,跳跳坐在树干上,他才以雷霆一击抓住跳跳。

在金雕的爪下,跳跳连一点反抗的机会都没有,只要动一动,锋利如刀的爪子就会瞬间割断他的咽喉。

随着跳跳的尖叫,那团"乌云"卷起剧烈的风,飞向天空。莫西西和浩克大声呼喊着跳跳的名字,直到变成一个黑点,最后消失在苍茫的天际。

"完了,跳跳这回是在劫难逃了。"浩克擦了擦额头上的冷汗说。

"跳跳——"莫西西难过地低下头,他把手中的半截竹笋狠狠地扔在地上,"你不是金雕吗?怎么金雕会抓走跳跳?"他大声责问浩克。

"我……我只是猫头鹰。"浩克尴尬地咳了一声说,"我只是顺便说说而已,哪里是金雕……"

"我就知道你不是什么金雕。"莫西西气愤地说,"你一点儿也不像金雕,可恶的金雕。"

浩克的脸一下子红到了脖子上,他吭吭哧哧地说:"是,是……不过,我好歹也是博士呀!"

"我要去找金雕,把跳跳和小豆子救回来!"莫西西遥望金雕飞去的方向,坚定地说。

"那可不行!"听了他的话,浩克急忙说,"你去也不是办法,金雕住得可高了。再说,你去了也未必是它们的对手。"

"那可怎么办?"莫西西急得眼泪都快流出来了。自从妈妈去世后，跳跳和小豆子无时无刻不在安慰他，内心深处，他们已经不仅仅是朋友，而是亲人了。现在他们遇到了危险，生死未卜，又怎能不让莫西西着急呢？

"现在森林里不安全，那头被你打伤的狼可不会死心的，我建议你继续朝着福坪竹海前进，说不定就遇到族人了。我呢，这就去寻找跳跳。"

"你一个人去？那岂不是太危险了？"莫西西对博士的责怪深感愧疚。

"我可不是吃素的。"浩克拍了拍翅膀说，"我还是飞行界的高手呢！"他说完，双脚在树干上一撑，冲向云霄。

"小心呐，博士！"莫西西大声说。

4. 兄弟

"你说斐蓝的那个小崽子要和我决斗？"听完阿狈的汇报，刀疤既惊讶又诧异，他有点不相信自己的耳朵——就在十几天前，斐蓝还带着两个小崽子亡命天涯，如今却主动找上门来，要和自己决斗，这听起来都像是个笑话。

"是的，他们就是那样说的。"出师不利、一败涂地的阿狈怯生生地对刀疤说，"不仅仅是我一个人听到了，其他……其他的人都听到了，他说要用您的……您的鲜血赢得荣誉……"

"他？"刀疤怒吼道，"小威？"

"是……大概是的……"阿狈被盛怒的刀疤吓得发抖。

"该死的，这个不知道死活的小东西！"刀疤气急败坏地摔掉了手中的酒杯，在屋子里转了几圈，才渐渐冷静下来。"斐蓝是有了什么制胜的法宝，才这么猖狂，敢让儿子来挑战强者的尊严？难道它们真的不想要命了么？"

"大王，我……我觉得小威那个小崽子就是想找死罢了。"阿狈见刀疤的神色缓和下来，谄媚地说，"他现在受了重伤，听说是被一只棕色的大熊猫抓瞎了一只眼睛，这种情形下他来找大王，应该是受不了折磨，只求速死而已。"

"伤痛能激发人的斗志。"刀疤仰望着夜空，慢悠悠地说，"当年，我联合金雕夫妇要干掉叱林的时候，叱林毁掉了我的脸……"他摸了摸脸上的伤疤，仿佛回到当年的那场惊心动魄的激战中。

"原来……原来叱林失踪是大王您的杰作。"阿狈此刻又惊又惧，心想：刀疤原也是个背后下刀子的小人。

"当时，我从背后偷袭了叱林，他回过头来，非常吃惊，就像你现在这个样子。"刀疤盯着阿狈，毫无表情地说。

"没，我早猜到……不是，是叱林这个家伙，他一早就该退位了。"阿狈结结巴巴地说,"他何德何能久居王位,让大王您为他卖命?"

"是啊,他何德何能?"刀疤面上的疤痕抽搐着,露出狰狞的表情,"我出生入死,不过为了得到一块骨头,而他坐享其成,还霸占着族群里最美的女人。我不甘心,我要得到我想要的一切……"刀疤咬牙切齿道,"我从背后偷袭他,内心害怕极了……"

他停了一会儿,喘了一口粗气,继续说道:"……他回过头,眼睛里是那么的伤心呢,他到死都没有想到是我暗算了他,他……哈哈,他是活该着呢……"

刀疤继续说:"他回过头对我说:'你是我的兄弟啊。'我已经咬伤了他,你说,我能放过他吗?当然不能,我闭上眼睛,狠狠地咬住他的脖子,鲜血顺着我的牙齿间隙流了下来,把地面都浸湿了……"

阿狈听得心惊肉跳。

"他没有咬我,却一口咬穿了那只雄金雕的脖子。"

阿狈惊呼了一声。刀疤也不理睬他,说道:"我看他奄奄一息,松开了牙齿,这时他又突然说:'你是我的兄弟啊!'我愧疚得快要哭了,我想忏悔,想救他,但他却一爪子抓了过来……你看,你看,就是现在这个样子。"他指着脸上的疤痕对阿狈说。

阿狈吓坏了，连连后退。

"你不要害怕，去准备一下。"刀疤挥了挥手说，"我要和他的儿子决斗。"

阿狈如获大赦，夹着尾巴一溜烟跑了出去。

"月圆之夜，将有一场血与尊严的较量。"刀疤望着夜空，月亮在云层里穿行，光线一时明，一时暗，他吐了一口唾沫恨恨地说："叱林，你放心，很快就有人来陪你了。"

5. 老铁

猫头鹰博士飞走了，森林里变得格外寂静，环顾四周，莫西西倍感孤独。

"要是妈妈和爸爸在这里就好了，但是妈妈已经永远离开自己了，而爸爸……"莫西西叹了一口气，要是爸爸和姐姐在这儿的话，妈妈就不会受伤，就不会离开自己了，好朋友跳跳也不会被金雕抓走了。

莫西西对爸爸的不负责任有些失望，但妈妈说过，爸爸没有一起来，除了要保护姐姐安安，还有不得已的苦衷，不能责怪他。

"就是一个人，我也要走到福坪竹海。"莫西西咬了咬牙，迈开步子,向着福坪竹海前行。

一个人的路途是寂寞的,但莫西西很小的时候就习惯了一个人独自玩耍,特别是大家知道他是棕色熊猫,都认为他是给部落带来灾难的"祸星",都远远地躲着他以后。莫西西伤心极了,是爷爷随时鼓励他,要学会用智慧解决生活中遇到的困难,还告诉他,在传说中,有一顶王冠,只有坚强和勇敢的人才能找到它。"我就是那个坚强勇敢的孩子。"莫西西大声对自己说,"有爷爷和妈妈的激励,困难算什么呢,我一定能战胜它。"

"这个长相奇怪的大熊猫是在发神经吧!"此刻,在阴影里,竹鼠小胖看着莫西西"手舞足蹈"的样子,笑着对爸爸说。

"他才不是发神经呢,他在给自己鼓气加油。"老铁说。

"爸爸,我看这一次只有他一个人,要不咱们收拾一下他?"小胖摸了摸下巴,一脸坏笑着说。

老铁严厉地望了儿子一眼:"这可不行,你忘记上一次的教训了?要不是我多挖了几个洞口,你说不定早就成了他的盘中餐了。"

小胖噘着嘴说:"上一次,都是因为那只可恶的猫头鹰,这个棕色的怪熊猫才不是我的对手呢!"

"话可不能这么说,我的孩子,你知道你的妈妈还有叔伯们吗?"老铁一脸悲凄地说,"他们可都是死在大熊猫们的手底下的啊!"

"啊!"听了爸爸的话,小胖眼睛瞪得圆圆的,他简直不敢相信自己的耳朵,"可是,可是,他们那么笨拙,远远比不上我们啊!"

"别小看了它们,它们表面上行动迟缓,看起来慢吞吞的样子,其实可厉害了。"想起妻子丧生在大熊猫掌下的那一幕情景,老铁不禁打了一个冷颤。

"哎——,都是靠吃竹子为生,为什么上天还赐予了他们巨大的力量,与我们为敌呢?"老铁想不通,他告诉儿子,今后看见了大熊猫得远远地避开,因为那些家伙也不完全是吃素的。

自从风车峡谷的竹林开花,地面上不再生长竹笋,竹根也变得硬起来,嚼在嘴里很是费劲,老铁还崩坏了两颗牙齿。"这地方不能待了。"看着纷纷撤离的大熊猫,老铁对儿子说,"咱们还是去寻找新的竹林吧!"在森林里走了好些时日,找到了一小片竹林,老铁和儿子才吃上了饱饭。但这片竹林实在小得可怜,也许是缺乏水分的原因,竹根又老又涩,一点也不可口。更可恨的是莫西西还把鲜嫩的竹笋和竹枝采走了,要想吃到嫩甜的竹笋得等到下一个雨季的到来。

"咱们还是走吧,据你的爷爷讲,就在一个叫'福坪竹海'的地方,生长着几辈子都吃不完的竹笋呢!"老铁摸着肥滚滚的肚皮,看着眼前这片已经变得枯萎的竹林,对儿子说,"咱们要是找到那个地方,也就有了根据地,今后呀,天天都可以享受美味的竹笋和甘甜的竹根。"

听了爸爸的这番话,小胖情不自禁地舔了舔嘴唇。

6. 叛徒

圆圆的月亮升起来了,明亮的月光照耀着夜空中漂浮的云朵,也照亮了整个格斗场。

狼族们围坐在格斗场四周,形成一个圆圈。斐蓝带着小武和小威静静地等待着刀疤。狼族的祭司——一头年迈的母狼走到格斗场中央,她咳嗽了一声,格斗场立刻变得鸦雀无声。

"万能的自然之神,你赐予我们生命,给予我们驰骋的自由,我们感谢你……"祭司口中颂念有词,狼族们垂耳静听。

"……我们伟大的叱林抛弃了我们,去了另外一个世界,他留下的孩子将在这里,完成一个信念,举起他的旗帜。而我们尊贵的刀疤大王,将接受挑战……"听着祭司一大堆废话,刀疤鼻孔都快要冒出火来,他恶狠狠地盯着小威,恨不得一口就把它吞到肚子里去。

"……无所不在的自然神,我们放弃骄傲,选择你所规范的自由,请你来裁定这场来自丛林的战斗,呜——"

随着祭司一声呜呜,所有的狼们都抬起头来,对着月亮发出长长的号叫,叫声在森林里回荡,动物们纷纷潜进自己的洞穴,连山豹都悄悄躲了起来。

看着祭司慢慢转身离开,刀疤抖了抖毛发,走到格斗场中央,他扫视了众狼一眼,然后盯着斐蓝母子,笑道:"斐蓝,我历来都是宽厚仁慈的,也给过你们许多机会,可是你们为什么一直和我作对呢?"

"你不要假惺惺的了。"小威迈着步子走进格斗场,"你为难我们多次,还派人来追杀我们,这是仁慈和宽厚吗?"

刀疤眼睛里凶光闪动,说:"你这个没大没小的东西,竟敢挑战我的权威。"

"我所要挑战的是尊严!"小威厉声说,"今天,我就要夺回失去的尊严和父亲曾经的荣耀!"

"说得好!"众狼纷纷叫道。

刀疤怒不可遏,他大叫道:"小崽子,要不是什么狗屁规矩,你活得到今天?好吧,就让我送你去见你的父亲!"

说完,刀疤身子一掀,猛地扑向小威。说时迟,那时快,小威身体高高腾起,利齿盯住刀疤咽喉,要给他狠命一击。

只听见"嘭"的一声闷响，刀疤和小威的身躯撞在一处，族人惊呼声中，两人已倏忽分开，准备发起第二波攻击。

斐蓝目光直直地盯着场上，这场格斗不仅仅是确立狼王的战斗，更是决定生死的斗争。小威一旦失利，刀疤一定不会手下留情，会杀死他的。失去了小威，斐蓝和小武就会被永远驱逐出狼群，成为丛林中的孤狼，不但随时被狼族追杀，还将永远失去争夺狼王之位的资格。

"叱林，如果你在天上看着，就请你多多保佑小威吧！"斐蓝默默祈祷。

盯着场上倏忽闪腾的两条身影，小武呼吸声越来越沉重，他慢慢移动脚步，向着两团灰影靠过去。

"嗷——"随着一声尖利的嚎叫，激斗的两头狼迅速分开。小武被吓了一跳，跳回了原地。

在粗重的喘气声中，小威和刀疤身子半蹲，积蓄力量准备再次进击。

"天呐，小威受伤了！"有人叫道。

斐蓝定睛一看，只见小威的脸上一片殷红，鲜血滴滴答答地流了下来。

"刀疤也受伤了！"

是啊，刀疤的腰部也涌出了鲜血。剧烈的疼痛蔓延开来，他的腿微微发抖。决斗中,刀疤的利爪抓瞎了小威的眼睛,但他万万没有想到,小威的那只右眼早就被莫西西抓瞎了。小威忍住疼痛,用利齿撕开了他腰上的皮肤。

"他妈的,这个小崽子的战斗力太强了,一点儿也不亚于叱林。"刀疤对自己的大意深感后悔,阿狈这个狗东西,连情况都没有摸清楚,我还以为对付一个小崽子是十拿九稳呢,没想到八十老母倒绷小儿,阴沟里翻了船。

"小威,我看你,嘿嘿,是一块料,要不,你跟着我算了。"刀疤深吸了一口气,说。

"呸!"小威任由右眼上的鲜血流淌,左眼一眨不眨地盯着刀疤。

"好吧,那就让你死个明白!"刀疤怒吼一声,风一般冲向小威。

"小心啊!"小武呼喝一声,横着身子撞向刀疤。刀疤发出吼吼的怪叫:"好不要脸……"话音未落,他腾起的身子重重摔在了地上,小威箭步如飞,尖利的牙齿闪着刀子般的光芒。"饶命……"刀疤大叫,但已经晚了,小威已一口咬住了他的脖颈。

"两个打一个,不公平!"阿狈大声抗议。众狼议论纷纷。

"小武这孩子。"斐蓝连连顿足,但她很快被小武的动作惊呆了。只见小武从地面上飞快弹起来,扑到刀疤和小威面前,张开大口咬了下去——

"不要!"斐蓝大呼一声。

"刀疤算是完了。"阿狈闭上了眼睛。

让所有人都没有想到的是,小武不是针对刀疤,而是小威。

眼看小武的利齿就要咬断小威的脖子,小威突然蜷缩成一团,后腿在刀疤肚子上一蹬,借力躲开了小武的这致命一击。

小武的这一口咬在刀疤的腿上,刀疤发出一声痛苦的嚎叫。"你这个蠢家伙。"刀疤气咻咻地说,"谁让你攻击我了?"

小武一击不成功,已是恼羞成怒,他一口咬断刀疤的脖子,两眼红红地盯着小威。

"叛徒!"小威恨恨地说。

"啊,这是怎么了?"

"手足相残啊!"

……

众狼议论纷纷。斐蓝此刻的内心如翻江倒海,她做梦也没有想到自己的大儿子会偷袭自己的弟弟,天呐,这到底是怎么一回事啊?

"胜者为王。"小武冷冷地说,"你变得越来越强大了,如果我不把握这次机会,这一辈子都得在你面前俯下身子。"

"我知道迟早有这么一天,可惜你太心急了。"小威说。

"废话少说。"小武大叫一声,冲向小威。小威和刀疤战斗损耗了不少精力,还身受重伤,不趁着这个时机干掉小威,恐怕再也没有机会了。

小威快步闪开,低声道:"那就让我来教训教训你这个叛徒。"

斐蓝只觉得身子发软,但看着两儿子手足相残却无能为力,她悲鸣一声:"叱林,你睁开眼看看你的两个儿子,他们这是怎么啦?难道,难道是我做错了什么吗?"

在众狼的议论声中,场上两条身影卷起团团烟尘。"都住手吧。"斐蓝跌跌撞撞地走向场内,却被祭司一把拖了回来。

"孩子,这都是命数。"祭司用空洞的眼神望着斐蓝说,"只有决出胜负,他们才会罢手,这也是我们狼族历来难以逃避的命运。"

伴随着阵阵呼喝狼嗥,小威和小武如电光闪掠,看得众狼心惊胆战。阿狈面色惨白,想即便是小武不偷袭刀疤,刀疤也不一定胜得了小威。哎,刀疤终日悠游,徒有狼劲,却哪里有这两人的凶残和强大?

只听场上大叫一声,小威和小武已然分开。斐蓝一看,小武耳朵已被小威撕裂开来,疼得直在地上打滚。

"是你出卖了我和妈妈。"小威走上前,冷冷地说。

"我没有出卖妈妈,是你,是你们运气不好。"小武低着头嘶声叫道。

"我其实一早就看出来了,你就是叛徒。"小威说,"那天你回来的时候,连看都不敢看我们,我就知道你有问题。"

"你处处都压着我,让我连一点儿出人头地的机会也没有,连妈妈都瞧不起我。现在,你又来诬陷我……"

"哈哈哈……我会诬陷你?"小威的脸色越来越难看,他走到小武的面前,用阴冷的口气说:"你要不是我的哥哥,我早就杀死你这个叛徒了,你现在还有脸在这里胡言乱语?"

斐蓝艰难地走上前来,对小武说:"孩子,我知道你只是受了刀疤的蛊惑,我不会怪你的。"说罢,抬起头对小威道:"小威,你哥哥知道自己错了,你就原谅他这一次,给他一个改过自新的机会吧!"

"我会原谅他。"小威冷冰冰地说,他站起身来,围着格斗场走了一圈,然后发出震耳的嚎叫"呜——嗷——"

祭司站到小威跟前,对众狼说:"小威是我们的狼王了!"众狼齐声欢呼:"大王,大王!"

"我不要他给我机会……"小武伤心地哭道,"他现在是狼王了,我,我……"

听着众狼的高呼,看着小威志得意满的样子,斐蓝突然感到一丝寒意。小威一点儿也不像自己曾经熟悉的孩子,他变了,变得有些陌生,让人觉得可怕。

小武恨恨地看着小威,眼睛里快要喷出火来。斐蓝怕他生事,说:"小武,我们走吧!"

"不要急,妈妈。"小威突然说道。他的脸上写满了胜利者的笑容:"妈妈,我终于完成你的心愿,现在我是狼王了。"

是啊,小威是狼王了。斐蓝慢慢俯下身子,在儿子面前低下了头颅。

第九章

1. 水中的鱼

接连几天,莫西西发现自己的食量越来越大,山腰上的食物越来越少,要抵挡难耐的饥渴,只有爬到树梢上去采摘嫩芽——那些没有被其他动物采食的嫩芽。站在高高的悬崖边上,风一吹过,树枝乱晃,似乎要把附着在身上的其他生物抖落下来。

好几次,莫西西差一点儿就从树梢上掉下去,他紧紧抱着树枝,低头一看,顿时吓出了一身冷汗。山崖下,乱石嶙峋,有的尖尖的,有的像刀片一样,要是掉在上面,非得丧命不可。

到了傍晚,奶白色的烟雾从山坳里窜出来,把树木、道路都遮盖住了,行走在里面根本辨不清方向。又一次,莫西西滑了一跤,只听见脚下的石头骨碌碌滚了出去,许久才发出轰隆隆的声响,原来,在浓雾的下面是一处深不可测的峡谷。

"嘘——,这些天遇到这么多的危险,我都避开了,一定是妈妈在暗中保护着我。"莫西西庆幸的同时,愈加怀念妈妈。他小心翼翼地从地上爬起来,慢慢摸索着退到安全的岩石旁边。

昼伏夜出的生灵们出来觅食了，它们的脚步轻盈，偶然踩断枯枝或是咀嚼食物才发出声音，但传到莫西西的耳朵里，却如同雷声一般响亮，让他感到惊怖。他轻轻地咽着口水，悄悄在地上摸起一块石头攥在手里，"要是那些动物们走过来，石头就成了我的武器。"他想，如果靠得再近些，我的手掌也不是吃素的。

莫西西背靠着山岩，脑子里不停地琢磨，但睡意渐渐上来了，最后，身子一软，蹲坐在地面上，打起了呼噜。

第二天清晨，太阳从云层里钻了出来，刺破了山中的烟雾，照在莫西西的身上。他打着哈欠睁开双眼，晚上为了抵御敌人侵扰的石头已经滚到了一边。莫西西摸了摸脑袋，转了转身子，没有发现自己有受伤的地方，这才放心地笑了起来。

莫西西站起身才发现，自己就睡在悬崖的边上，要是一翻身就会滚落下去，真是好险啊！他移动着步子，小心地走到空旷的地方，擦去额头上的汗珠，心想：今后一定要注意观察，绝不能盲目地赶路。

当他把自己的这个想法告诉给猫头鹰博士浩克的时候，浩克为他感到高兴。"许许多多的知识都不是生来就具备的，需要后天的学习，在大自然中去学习。"浩克说。

浩克没有带回来跳跳的消息，莫西西很是担忧，"跳跳难道被金雕吃掉了？"

"这个可能性不大。"浩克说，"我飞了两天两夜才赶到金雕住的高山上，没有看见跳跳的踪影，也没有发现金雕的住所里有跳跳，唔，哪怕是它被害的蛛丝马迹。"

"跳跳被金雕吞掉了？"

"你这么说是在说我的视力不行？"浩克有些生气，他一向对自己敏锐的视力感到骄傲。

莫西西不再说话。虽然担心好朋友跳跳，但他也不愿意伤害博士的心。

有了浩克博士的帮助，莫西西寻找食物变得不再艰难。浩克博士除了认识森林里的动物，还认识一些可以用来果腹的植物，更美妙的是，博士知道在山谷中的河流里藏着肥美的鱼。

"鱼就藏在水的下面，但我却不能抓住它们。"望着河水，浩克叹着气说。

莫西西捡起一块石头砸了下去，几条硕大的鱼儿从石头底下游了出来，莫西西尖叫着跳进水中，去逮那些鱼儿。可是鱼儿狡猾极了，它们滑溜溜的，一会儿游到东边，一会儿游到西边，有一两条鱼还游到莫西西的脚下，和他玩起了捉迷藏。

莫西西忙活了半天也没有抓到一条鱼，他浑身湿漉漉地爬上岸，躺在草地上喘粗气。浩克已经睡了一觉，他睁开一只眼，看了莫西西一眼，又闭上了。

等浩克再次睁开眼睛时，莫西西已经抓了几条鱼，正大快朵颐呢！"他真的抓到鱼了？"浩克不敢相信自己的眼睛，他揉了揉眼，嗯，莫西西的确在吃鱼呢。

"这些鱼，难道是自己跳上岸的？"浩克问道。

莫西西打了一个嗝，指了指水中。浩克看了一眼，差点惊呼起来。原来，莫西西用树枝在水中筑起了一道道"堤坝"。然后，他用石头砸向水中，那些鱼儿开始四处逃窜，却钻进了莫西西精心布置起来的"堤坝"里，再也游不动了，自然成了莫西西的囊中之物。

"这一招真厉害。"浩克表示钦佩，"你是怎么想到的呢？"

"这是自然教会我的呀！"莫西西说，他看见鸟儿在天空中自由地飞翔，但进了树林就飞得很慢，鱼儿也是这样，在水里很滑溜，要是钻进树叶里，那就不会那么滑溜了。所以就有了这个主意。

"我才不这么看呢！"浩克嘟囔着说，"我在树林里飞得可不慢。"

2. 手足相残

刀疤曾经住过的屋子现在成了小威的行宫。

此刻,阿狈正战战兢兢地为小威清除眼睛上的伤疤。以前跟随刀疤对付斐蓝一家,阿狈没少出主意,现在刀疤死了,小威成了狼王,阿狈生怕小威秋后算账,让他去给刀疤陪葬。

但小威没有这样做,他有着自己的想法,要是把阿狈干掉,以前跟随刀疤的众狼就会心存顾忌,不愿跟着自己。这种投鼠忌器的做法是不可取的。阿狈虽然可恶,留着它也未必没有用处。

阿狈投靠小威后的第一件事,就是马上把刀疤暗算叱林的事情公之于众。众狼听了,对刀疤的所作所为深恶痛绝,那些跟随刀疤的狼深表后悔,在责怪自己被刀疤的花言巧语蒙蔽了双眼的同时,发誓要效忠小威,重振狼王叱林时代的辉煌。

这一切,是小威希望得到的结果。

"阿狈,你说说,我是瞎了一只眼睛威武,还是没有瞎眼睛威武?"小威闭着眼睛问道。

"这个,这个……"阿狈不知道该怎么回答这个问题了,他支支吾吾地说,"大王,大王一直都很威武。"

"怎么啦,这么简单的问题都回答不出来?"小威睁开左眼,厉声说,"看来,你是没有什么用处啦!"

阿狈吓得差点瘫倒在地上,他硬着头皮说:"大王,你两眼明亮的时候,虎虎生威;现在虽然失去了一只眼睛,但更让人敬畏。"

"你这个马屁精。"小威哈哈大笑道,"那你知道我这只眼睛是怎么瞎掉的吗?"

"是刀疤那个坏蛋抓瞎了大王的右眼。"

"放屁!"小威坐起身,一巴掌打在阿狈的脸上,"我这只眼睛是那只可恶的大熊猫,那只棕色的大熊猫抓瞎的。"

"太可恶了。"阿狈捂着红肿的脸说。

"我要报仇!"小威恶狠狠地说,"我要让那只大熊猫也尝尝失去眼睛的痛苦。"

"报仇,报仇!"阿狈举起双手大声呼叫道。

在阿狈的安排下,追捕棕色大熊猫的一支先锋队出发了。

得知消息后,斐蓝急忙赶来劝阻,她对小威说:"小威,这件事你一定要慎重啊!"

"我是大王。"小威面有怒色,"大王要报仇难道都不可以吗?"

"当然可以。"斐蓝说,"可是,大熊猫的力量太强大了,这一点你是知道的,你才登上狼王的位子不久,千万不要轻易让狼族涉险啊!"

小威哼了一声,满脸不高兴地说:"我是大王,让他们为我办一点事,也不至于怕一点儿危险就不愿意吧!

"你才不会在意别人的死活呢!"小武冲进屋子来,嘲讽小威道。

"你这个叛徒,这里没有你说话的地方。"小威怒喝道,"滚出去!"

"我是叛徒怎么啦,我还不是为了替爸爸报仇才……"

"听见了吗?妈妈,他亲口承认自己是叛徒了。"小威一脸不屑地对斐蓝说。

"你想当狼王,我为什么就不能?"小武大声说。

"原来,你想当狼王!"小威露出白森森的牙齿说,"你也配?"

阿狈一看情形不对,急忙劝道:"大王,你可不能因为小武胡说八道气坏了身子。"

斐蓝不愿意听两个儿子争吵,难过地走出屋子。

就在她转身的一刹那间,只听见小武一声凄厉的惨叫。斐蓝急忙回头,只见小武躺在血泊中;小威的嘴角上,鲜血正滴滴答答地流了下来。阿狈脸色惨白,缩在角落里瑟瑟发抖。

原来，小威趁着母亲离开，小武分神之时，突然出击，一口咬断了小武的脖子。

看到眼前这一幕，斐蓝的心彻底碎了，她看着冷酷的小威，尖叫一声，一头栽倒在地上，晕厥了过去。

最先发现狼群的是浩克。

顺着河流行进，莫西西抓鱼的本领越来越熟练，鲜美多汁的鱼肉都让他快忘记竹叶和竹笋的味道了。浩克也不客气，分享着莫西西的劳动成果。鱼肉有一点儿腥味，却比老鼠肉嫩多了。浩克吃饱喝足了，飞到枝头上准备休息。

午后的阳光照射在身上暖洋洋的，浩克打了一个哈欠，正要闭上眼睛打盹。忽然，远处的密林里闪过几条飞快的身影。透过厚厚的树叶，浩克发现，那是一小队奔驰的狼群。

"西西，不好了，一群狼正朝着这边过来了。"浩克大声对正躺在草地上享受"日光浴"的莫西西说。

"什么，狼？"莫西西一骨碌爬起来。这些无恶不作的坏蛋，让我永远失去了妈妈，现在，它们又来干什么？

莫西西的话提醒了浩克。"我看它们是来者不善。"浩克说，"上一次，你可抓瞎了一头狼的一只眼睛啊！"

"这一次它们敢再来，我就让它们失去的不仅仅是眼睛。"想起妈妈，莫西西悲愤地说，"我要为妈妈报仇雪恨。"

"可是孩子,上一次正是妈妈保护了你,才失去了生命。现在你孤身一人又怎么是它们的对手呢?"浩克说,"依我看啊,还是先避其锋芒再说。"

莫西西沉思了一会儿,说:"那就依博士的吧,还是不要和它们正面冲突。"

"对,就是要讲究策略。"

"对待敌人要运用智慧。"莫西西说,"这不是逃跑主义,是妈妈告诫我的话。"

循着气味,派来追捕莫西西的狼群很快发现了大熊猫的踪迹,伴随着头狼的一声长嗥,狼群风一般飞驰而来。

3. 激战

在浩克的指引下,莫西西顺着河流前行。风从山坡上滑下来,沿着河谷一路穿行,莫西西身上的气味被它带去了远方。无法追踪到他气味的狼群变成了无头的苍蝇,开始在丛林里乱窜。

"顺着河流走,我们就会摆脱狼族。"浩克舞动着翅膀,兴奋地说,"再向前走几里路,翻过一座大山,我们就到福坪竹海了。"

莫西西对浩克博士的判断深信不疑,"嗯,我要坚持,到了大山上得找点竹叶来吃。"他说。鲜鱼的滋味虽然很美，但对于莫西西来说还是有些不太适应，毕竟自己没有长一副吃荤的肠胃。

流水潺潺，两岸的树丛变得高大浓密起来，树枝上飘挂着青青的藤萝，偶尔在树脚下冒出几株芍药，或是猪笼草。浩克无法紧紧跟着莫西西，只能在空中飞行，透过浓密的树叶，他能看到莫西西前进的身影。

"这儿的景色真是漂亮啊！"从乱石嶙峋的河滩上走进铺着厚厚青苔的树林，莫西西感到无比惬意。他知道这儿是非常安全的地方了，即使狼族也不会到这种地方来寻觅食物。他放松了戒备，踩着浸透了水渍的苔藓，一边欣赏林间的美景，一边慢慢行进。

指挥狼群行动的仍然是阿狈，他的行动虽然不够敏捷，但却足智多谋。他研究过森林里每一种动物，熟悉它们的习性，并且能够找到它们的弱点——这也是新狼王小威看中他的一个优点。

作为曾经的敌人，小威对阿狈恨之入骨，就是这个残疾的家伙，曾经出了许多坏主意，追杀自己和家人。但成了狼王后，小威的看法就变了，他的事业才开始，需要像阿狈这样的人物。为了保卫自己的位子，他杀死了自己从小玩到大的哥哥,伤害了母亲的心,却也立下了威势,得到了自己想要的东西——权威。

权威让小威得到了一种前所未有的满足感。

"抓住那头长相丑陋的大熊猫。"小威发出了命令。群狼在阿狈的带领下汹涌而出。这就是权威,也许当年父亲就是这样发号施令的。小威脸上露出笑容,他看了看昏厥的母亲,叹了一口气,走出了屋子。

山风带走了熊猫的气味,让狼族失去了追踪的猎物,阿狈一筹莫展,想起小威咬死哥哥小武的场景,阿狈打了一个寒噤:小威比刀疤更加凶残,要是自己没有完成任务,下场一定好不到哪儿去。

就在他无计可施的时候,前哨急匆匆地跑来报告:在对面的山腰上发现了一头大熊猫。听完报告,阿狈欣喜若狂,他挥舞着双爪,呼喝着狼群向对面山上进发。"嗷——"众狼高声叫着,风一样地冲下山去。

阿狈对自己的表现很是得意,但他很快发现山包上只留下自己一个人了。"这些无情无义的狼崽子们,竟然连指挥长都不管不顾。"阿狈骂骂咧咧道,一颠一簸地朝着山下跑去,谁知脚下一滑,骨碌碌地滚了下来。

狼族发现的大熊猫不是莫西西,而是莫羽昇。

莎莉独自带着莫西西离开风车峡谷,让莫羽昇深感自责,他对自己说:"我没有尽到一个做丈夫的责任,也没有做到一个做父亲的责任。"竹子开花了,族群离开世代居住的风车峡谷,前往新的聚居地——福坪竹海,一路上,莫羽昇对莎莉母子的安危深感担忧:她们到底在哪儿呢?

在莫飞的劝说下,莫羽昇踏上了寻找妻子和儿子的旅程。他沿着莎莉可能要行进的路线追寻,十多天来却连妻儿的踪迹也没有发现,他想:莎莉是不是迷路了?但他却不知道,他亲爱的妻子已经永远离开了这片森林。

一路上,莫羽昇翻过了几座大山,涉过了数道河流,他深情地呼唤着妻子和儿子的名字,渴盼着奇迹的出现。

坐在半山腰的一块岩石上,莫羽昇望着眼前苍茫的大山和深邃的森林,愈发思念亲人。

狼群嚎叫着冲上了山坡,莫羽昇还没有来得及撤退就被狼群包围了起来。"这真是一只大熊猫!。"

"他肯定就是那个长相丑陋的家伙。"

"难道就是他抓瞎了大王的眼睛?"

……

众狼盯着眼前这个个头壮大、长着黑白颜色皮毛的大熊猫,低声地议论着。阿狈气喘吁吁地爬了上来。他对众狼的表现很是气愤，把自己一个人撇在山坡上，要不是滚了下来，说不定还要多久才能到达呢！

阿狈滚下来的时候，众狼也才到达山脚下，他们看着晕头转向的阿狈，既佩服又吃惊，不明白阿狈为什么要用这种方式来追赶大家。也许是想抢功劳，众狼想。有了这个想法，大家再也顾不上阿狈了，急吼吼地冲上另一座山坡，包围了大熊猫莫羽昇。

下坡可以用滚的方式，上坡可不能滚了，阿狈手脚并用爬了上来，嘴巴里冒着白色的泡沫，样子狼狈极了，"还好，我本来就是一只狈啊。"阿狈安慰自己说。

阿狈喘了一会儿气，揉了揉眼睛，终于看清楚眼前这个家伙了——这头大熊猫原来这么威武雄壮，哪里是狼王小威描述的那个"长相丑陋的家伙"，分明是搞错对象了嘛！阿狈恨不得给那个报信的家伙几个耳光，但转念一想：命令可是自己发出的呀，要是众狼回去打自己的小报告，可就完了；那就将错就错吧，逮着这个大家伙，逼问它，说不定还能找到"长相丑陋的家伙"。阿狈深吸了一口气，走到众狼的前面，把莫羽昇细细地打量了一番，清了清嗓子说："你是何方神圣？"

被狼群包围的莫羽昇全身绷得紧紧的，他把力量积蓄在双掌上，全神贯注地盯着狼们。可是这个尖嘴猴腮的家伙一上来就问自己是"何方神圣",简直太滑稽了。莫羽昇忍不住笑了起来。

"你难道看不出我是你们的猎物吗?"莫羽昇说,"我是大熊猫莫羽昇!"他的声音很大,震得众狼耳朵里嗡嗡作响,都不由自主地退了几步。

阿狈脸一下子就红了,哎呦,对呀,他就是大熊猫啊。他尴尬地咳了几声,说:"你都成了我们的俘虏了,还这么大声嚷嚷干嘛?"

"是吗?"莫羽昇用鄙视的眼光看了阿狈一眼,"那你为什么不上来抓我呀?"

"死到临头还这么多废话。"阿狈气呼呼地走上前,说,"看我不好好收拾你,哎呀——"

话音未落,阿狈的身子腾空而起,众狼不明所以,看着阿狈在空中划出一道弧线,最后重重地摔落在地上。

"兄弟们,上,上……"阿狈哼哼唧唧地从地上爬起来,叫道。

众狼这才明白阿狈是被莫羽昇甩出去的,愣了愣,高叫着冲向莫羽昇。

一时间,只听见群狼的嚎叫、莫羽昇浑厚的喝呼。在混战中,一条条狼被抛了出来,狼毛在空中飞舞。

"咬死它，咬死它！"阿狈揉着屁股大声吆喝着，但他很快就被冲到跟前的莫羽昇一脚踢飞了起来，发出"哎呦哎呦"的叫声，骨碌碌滚下了山坡。

面对群狼，莫羽昇没有一丝畏惧，他挥动有力的臂膀，击打在那些凶猛的狼身上，每一次的击打，都能听见狼的哀号，但他的勇猛激怒了群狼，它们忍着疼痛，以更加凶猛的攻势扑向莫羽昇。莫羽昇腹背受敌，渐渐寡不敌众，身上多处受伤，星星点点的鲜血染红了皮毛，特别是在白色的皮毛上，像绽开了朵朵小红花，触目惊心。

突然，莫羽昇脚下一滑，一块石头让他笨重的身体失去了平衡，倒在了地上，群狼见状，嚎叫着扑向莫羽昇。

4. 功夫

斐蓝醒了过来，小武的鲜血已经凝固。屋子里静悄悄的，小威已经不见了踪影。

"天呐，我到底做错了什么？要这么惩罚我。"望着儿子冰冷的尸体，斐蓝流下了伤心的泪水。

斐蓝开始思考自己的行为，从两个儿子出生以来，她把对叱林的思念和全部的爱都给了儿子们，她希望两个儿子能继承叱林的志愿，成为伟大的狼王，为此，她牺牲了自己的时间，付出了自己最美好的青春。她规范他们，朝着自己预设的目标成长；教会他们仇恨，愤世嫉俗；凶狠，对敌人不留情；让他们认识世间的诡谲，掌握周旋的技巧……一切都那么完美，孩子们茁壮成长，变得强壮、凶狠，充满权欲和野心，但她忘记了，世间有许多美好的事物和东西，比如亲情，比如关爱……

可是，一切都太晚了，小武失去了生命，他不是丧生在自己的贪欲和野心下，而是我这个母亲葬送了他啊！斐蓝想到这些，悔恨的泪水像断了线的珠子一样掉了下来。"不怪小武，更不怪小威，都是我的错呀！"斐蓝喃喃说道。她满怀懊悔和绝望，拖着小武冰冷的躯体，慢慢走向森林。

群狼的巨齿和猩红的舌头近在咫尺。"我的莎莉，我亲爱的孩子，永别了。"莫羽昇绝望地闭上了双眼。

就在这千钧一发之际，他听见群狼发出凄厉的嚎叫，那张张巨口带来的疼痛却迟迟没有降临，这是怎么回事呢？莫羽昇睁开双眼，啊，是西西！

莫西西正和群狼搏斗，他的双掌沉稳有力，每一掌都击向狼的腰部——那是狼的致命部位。自从上次和母亲一起迎战斐蓝母子后，莫西西一有空就回想战斗的每一个细节，他发现狼的头部坚硬，除非击中它们的眼睛，而狼的腰部是弱点，一旦击中，狼就失去了战斗力。在浩克博士的引导下，莫西西的应敌经验得到很快的提升。

"要是你有功夫就好了。"浩克博士不无感慨地说。

"什么是功夫？"听博士这么说，莫西西很是神往。

"功夫？怎么说呢……"浩克沉思了一会儿说，"简单的说，就是一种打败敌人的技巧。"

浩克博士见多识广，他曾经亲自见过雪豹用精湛的功夫杀死了五六头凶猛的狼。他向莫西西讲述了那次神奇的经历，并把雪豹的招数比划了出来。莫西西是一个聪慧的孩子，他很快掌握了其中的诀窍。同时，生活也教会了他本领，他从空中的金雕、水中的游鱼、博士捕猎的姿势中，领悟到功夫的博大精深。

"我是大熊猫，得有自己的功夫。"莫西西想，他伸胳膊展腿，把体会和学来的每一个动作融进自己的招式中。

除了形成自己的招牌动作，还要找到对手的弱点。浩克不愧是一个称职的好老师。

现在，莫西西把平时练就的本领在实战中运用了出来，果然不同凡响，每一头扑向他的狼都被他准确地击中要害，痛苦地号叫着滚落到地上，好几头狼顺着山坡滚了下去，把正向着山坡上爬来的阿狈也砸落了下去。

阿狈这下可惨了，跌得七荤八素，骨头像散了架一样，躺在石堆里，连哼一声的力气也没有了。

原来，莫西西和浩克顺着河流行走了七八里，找到了一条上坡的道路。"翻过了这座山，很快就会到福坪竹海了。"浩克说，他看了看莫西西，心中猛地生出一些奇怪的情感。"到了目的地，我的任务也就完成了，就要离开他了。"浩克想，这些天来的相处，他和莫西西已经有了情感，多好的孩子，不但坚强勇敢，还特别聪明，懂得与人相处，更重要的是他是一个善于聆听的人。

浩克不愿意让莫西西看出自己的伤感，他扑楞着翅膀，到前面去探路。他的目光敏锐，在半山腰的时候，发现了被群狼围攻的莫羽昇。

"怎么又有一头大熊猫，他不会是莫西西的亲戚吧？"浩克想，他急忙飞回来，向莫西西讲述了自己的发现。

"我们要救他。"莫西西想起妈妈被狼攻击的场景，立即说，"我绝不能让悲剧再一次发生！"

就在莫羽昇闭目待死的危急关头，莫西西赶到了，他运掌如风，将欺近莫羽昇的几头狼击退。"啊，是爸爸！"莫西西看了一眼眼前这只大熊猫，心都快要爆炸了。

"绝不能让爸爸受到伤害。"莫西西说。他转过头来，面对进攻的群狼，沉稳迎战。

浩克在空中见莫西西左挡右突，掌风如刀，有如神助，不由得大声喝彩。

莫羽昇缓过神来，他看清楚了，面前帮他击退群狼进攻的人正是日夜思念的儿子，欣喜之情不溢言表，力量猛然回到身上，他站起身来，大吼着冲向狼群。那些被莫西西打得发懵的群狼一见莫羽昇恶狠狠的样子，都吓坏了，顾不上和莫西西周旋，呼啸一声夹着尾巴向着山下逃窜。

看着群狼失魂落魄逃窜的样子，父子俩哈哈大笑。

5. 伤痕

父子重逢，有着说不完的话。莫西西讲述了母亲牺牲的事情。莫羽昇痛悔没有跟随莎莉母子，没有保护好妻子和儿子。

"爸爸，你不要伤心了。"看见爸爸痛苦的样子，莫西西也很难过，他安慰爸爸说，"妈妈虽然离开了，但还有我呢！"

莫羽昇抱住懂事的儿子，轻轻地说："孩子，这一生，我再也不会离开你了。"

傍晚，父子俩在浩克博士的指引下，找到了一小片竹林，饱餐了一顿。

"和狼群的遭遇不是个偶然。"回想起今天的战斗，莫羽昇陷入沉思。莫西西说:"这些可恶的狼,他们害死了妈妈,现在又开始打我们的主意了。"

"依我看,没有这么简单。"莫羽昇说,"他们一定有什么目的。"在莫羽昇的印象里,狼族都有一定的规矩,特别是狼王叱林统治的时代,还和大熊猫部落达成了互不侵犯的协议。随着叱林失踪,也出现过狼进入风车峡谷的现象,但没有发生过正面冲突,如今狼群主动有序攻击大熊猫,这是非常反常的举动。

"我想我和妈妈遇到的狼似乎在寻找食物。"莫西西说,"难道它们把我们当作了食物?"

"是的。"莫羽昇说,"它们一定是不讲道义的狼。"

"狼才不会讲道义呢!"浩克插嘴道。

"它们杀害了妈妈。"莫西西满腔悲愤,"那些可恶的狼!"

"我估计今天这些狼是要报复你。"浩克博士在树枝上踱着步说,"上次,你可是抓瞎了一只狼的眼睛啊!"

"啊,它们没有找到我,就去攻击爸爸。"莫西西突然叫了一声,"那可不妙,要是它们再找不到我,一定会攻击其他的族人的。"他摇着爸爸的手说,"爸爸,我们一定要把这个消息告诉给族人们,要不然他们就麻烦了。"

"真是一个有心的孩子。"莫羽昇摸着莫西西的头说道,

"你放心,它们不敢去攻击我们的族人的,我们的族人都在一块儿,而且非常团结勇敢。"

"嗯。"莫西西点点头,"我只是有些担心。"

"按照这个情况来看,狼群还会来追捕你们。"浩克说,"它们不会善罢甘休的。"

"我不会怕它们了。"莫西西说,"我有爸爸呢,爸爸可是部落里的勇士。"

莫羽昇呵呵笑道:"我们的西西长大了,成了一个小勇士,要是它们敢来,就让它们尝尝我们爷儿俩的铁拳。"

来自远方的风带着秋的气息悄然而至。

雅伦眯着眼,嗅着风的气味。"狩猎的季节到了。"她说。

自从儿子牧云离开自己独自生活以后,雅伦觉得日子越来越寡淡,以前有孩子在身边,虽然辛苦,却也有许多乐趣。如今自己孤身一人,除了寻找食物,大部分时间都只有面对长空,或是在石头上磨磨爪子。

雅伦磨爪子的时候也会生出一些伤感。她举起颜色开始发白、长满了茧疤的爪子想,我难道老了么?

"还是去狩猎吧,顺便去看看牧云。"雅伦收起心中的伤感,望了望湛蓝的天空。她振动羽翼,向着高山飞去。

很快,她在乌拉拉山的山崖边发现了一头孤狼。那头狼蹒跚行走在有些枯黄的草地上，它的神情沮丧，行走艰难，似乎很多天没有进食的样子。"这是一头疲惫的狼。"雅伦想，机会难得，今天就拿它做晚餐吧！

雅伦张开翅膀，滑过旋转的气流，发出尖利的鸣唳，收紧羽翼向着目标急冲了下去。

那头孤狼正是斐蓝。她把小武的尸体从小威的屋子里带了出来，带到了葬狼谷——狼族老去时委托皮囊的地方，让他得到了安息。

看着儿子的尸体滚进阴气森森的葬狼谷，斐蓝引项悲号。"永别了，儿子。"斐蓝说，我要去寻找你们的父亲去了，我不能也没有资格死在葬狼谷里，我要和你们的父亲在一起。小威的无情，让斐蓝的心彻底碎了，她失去了生存的希望。

斐蓝踏上寻找叱林的道路。她不吃不喝，步履蹒跚，正一步步迈向死亡。夏日的最后一抹阳光，为她铺开了一条金色的大道。

雅伦挟着风声，扑向斐蓝。斐蓝没有还击，她轻叹一声，睁开双眼，深情地望了望天空。死亡的利爪蓦然出现在眼前——

"叱林！"斐蓝低声叫道。

是的，在金雕雅伦的腿上，一道醒目的疤痕映入斐蓝的眼眸，那道奇怪的疤痕正是叱林的牙齿留下的。

年轻的叱林有一口质地坚硬、锋利如刀的牙齿，它能切割下动物坚韧的毛皮，咬碎像石头一般硬的骨头，但有一天，为了从雪豹的嘴里救下斐蓝，叱林用头狠狠撞在雪豹的下颌上，雪豹被撞下了悬崖，而他断了两颗尖利的牙齿。"瞧瞧你的牙齿，多么难看呀！"斐蓝不止一次这样笑话叱林，叱林只是笑笑。

这种玩笑话不会损伤斐蓝和叱林的感情，反而使其更加深厚。每一次啃吃食物的时候，叱林总会留下一道奇怪的齿痕，只要一看到那道齿痕，斐蓝心里就会涌起深深的感激和暖暖的情意。

如今，斐蓝在这头金雕的腿上看见了这道她无比熟悉的齿痕。"那是叱林留下的齿痕啊，我的叱林！"斐蓝想，难道你和这头金雕有什么纠葛么？

雅伦的爪子已经深深抓进了斐蓝的肉里，她振动翅膀，抓起了斐蓝准备飞到空中，然后摔死它。然而就在这时，这头垂死的狼突然弯过脖颈，一口咬住了她的小腿。雅伦发出痛苦的鸣叫，她拼命用另一只脚蹬斐蓝的头，但斐蓝死死地咬住了她，惊慌之中，雅伦被斐蓝拖着，朝着悬崖下坠落。

"叱林，我终于找到你了。"斐蓝心中暗暗说。风吹起她的毛发，也吹起她潜藏在内心许久的思念。

"妈妈——"空中，匆忙赶到的牧云惊恐地呼唤妈妈。

一切都晚了，雅伦和斐蓝的身影越来越小，渐渐消失在山间蒸腾的云雾里。

第十章

1. 劫后余生

听完阿狈的汇报,小威怒火万丈。

"真是一群废物,连头笨熊都处理不了!"小威咆哮着,恨不得把阿狈撕成碎片。看着小威狰狞的面孔,阿狈腿肚子发抖,他战战兢兢地说:"大……大王,这次可不是……一头熊,是……两头……"

小威"吼"地一声跳到阿狈的面前说:"废物,两头熊猫就怕了?"阿狈被他凶狠的气势吓得缩成一团,心里却想:你连一头熊猫都搞不定,还弄瞎一只眼睛,也好意思批评我们?但这句话他不敢说出口来,正在气头上的小威可是什么事都干得出来的。

生气归生气,小威还不想把阿狈怎么样,虽然阿狈曾是刀疤的手下,但现在正是用人之际,一生气把他干掉,不免会寒了其他狼的心。小威有足够的自信,认为杀死刀疤已经树立起了威信,至于咬死小武,那也是为了清除后患,免得以后做事缩手缩脚。眼下,最重要的是尽快抓住那头弄瞎自己右眼的大熊猫,一雪前耻。在冷静下来后,小威毅然决定亲自出马,他带着狼族里最彪悍的战士,穿过森林河谷,向着莫西西前进的方向追踪而来。

在空中,牧云亲眼目睹了母亲和狼的惨烈搏斗,却束手无策,眼睁睁地看着母亲和狼坠入山谷中。

"妈妈——"牧云痛苦地呼唤,但母亲和狼的身影永远消失了。

牧云是在追踪小山猴跳跳时,见到这一幕的。在跟踪莫西西一行的那天早上,牧云出其不意地抓住了跳跳——这只让他挂念了许久的小山猴,当然,他不是想和小山猴做朋友的,而是准备用来当做美餐。可是这个调皮的小家伙,竟然用头上一个发出红色光芒的小东西晃花了自己的眼睛。牧云伸出爪子揉眼睛的时候,小山猴一下子跳进了森林里。

"调皮的小家伙,我非得抓住你不可。"牧云恨恨地说。他一路追踪小山猴。狡猾的小山猴在树丛中时隐时现,仿佛在逗着牧云玩呢!

"我不信你不从树林里出来。"牧云想,他爬升到空中,眼睛紧紧地盯着地面。这时,他发现了和狼搏斗的母亲,等他急忙赶到时,母亲和狼掉进了云雾封锁的山谷里。

"又是这些可恶的狼。"牧云想起妈妈曾经讲过父亲被狼杀死的故事,对狼更加深恶痛绝。在山崖边徘徊了许久,牧云含着泪水,恋恋不舍地离开了,他暂时忘记了那只小山猴,开始寻觅狼的踪迹——他要为妈妈报仇!

望见金雕牧云没了踪影,跳跳才吁了一口气,他笑着对小豆子说:"看来,这也是一个没有耐性的家伙。"

从金雕的爪子下死里逃生,小豆子还心有余悸,他不清楚跳跳靠什么摆脱了金雕,但在空中见到的美妙风景给了他深刻印象,直到从高空中跌落的时候,他才惊惶起来,紧紧地抓住跳跳额头上的毛发,等跳跳掉在树枝上,他的手里已经捏了一把跳跳的毛发。

"现在,我们该去找我们的朋友莫西西了。"跳跳说。

小豆子说:"是啊,都这么多天了,我还蛮想他和猫头鹰博士的。"

"这些天和金雕捉迷藏,就当是和莫西西他们在玩捉迷藏吧!"

"他们会不会怪我们呢?"

"才不会呢!"跳跳说,"他们肯定担心死了。"

在丛林里,跳跳是攀爬和跳跃的高手,他抓住从树枝上垂下的藤蔓,像荡秋千一样,一下子就到了另一棵树上。不久,他和小豆子就来到了对面的山上。

"不好,地面上有好多狼啊!"小豆子大声数着,"一二三四……"

可不是嘛,那些狼像幽灵一样在地面上奔驰,脚步轻盈而矫健,似乎在追逐什么东西。"该不会是在寻找莫西西和博士吧?"跳跳想,那可就糟糕了,这么多的狼,莫西西该怎么应付啊?不行,得尽快通知它们。

跳跳加快了步伐,施展出在丛林里练就的本领,腾云驾雾一般向着山头攀越。小豆子嘴里嘀嘀咕咕,但很快就不再说话,因为他一说话,风就钻进了嗓子眼里,害得他大声咳嗽。

不久,跳跳就发现了浩克博士,只见他正在空中盘旋,一边飞还一边大声吆喝着什么,表情很是焦急,难道莫西西他们遇到了什么麻烦?

跳跳和小豆子的心一下子悬了起来。

2. 箭竹阵

"小豆子,要是莫西西遇到狼群了,我们无论如何也要救他。"

"那是当然。"

"莫西西,不要害怕,我们来啦!"跳跳和小豆子大声吆喝着,奔向浩克盘旋的地方。"咻——"随着一道优美的弧线,跳跳攀住一根藤蔓,箭一般飞落。

但眼前的情形让他和小豆子都吃了一惊。

"啊,莫西西被狼群包围了。"小豆子快要哭出来了。

"才不是呢!"跳跳说,"你看,莫西西被箭竹包围了。"

小豆子朝着四周看了看,拍了跳跳一巴掌,说:"笨蛋,我们被狼群和箭竹包围啦!"

跳跳一看,糟糕,自己和小豆子不正站在一片箭竹里吗?而莫西西和一个体型魁梧的大熊猫也站在箭竹中间。

"呀,掉下来一个什么东西?"跳跳和小豆子突然从天而降,把群狼吓了一跳。

"瞎,不就是一只猴子吗?"

"这猴子额头上还有一颗红宝石?"

"瞎,待会儿想办法抢过来。"

……

听着群狼的议论,小威的肺都快气炸了,特别是那个左一句"瞎"右一句"瞎"的家伙,说话一点儿也不顾忌大王的感受,真是气死人了。小威走过去就是一巴掌,把那个瞎嚷嚷的家伙拍倒在地面上,摔了一个狗啃屎。

群狼顿时闭了口,等待小威下命令。

原来,浩克出去觅食的时候就发现了狼群,他及时通知了莫羽昇和莫西西。

"孩子,你和博士先走,我来挡住狼群。"莫羽昇焦急地说。

"那可是狼群啊,爸爸一个人怎么抵挡得了呢?"莫西西坚决不同意爸爸这么做。浩克博士说,这一次来的狼可不少,看起来个个都很凶猛,要是把爸爸一个人丢在这里,爸爸就会非常危险。

"你们一起走吧,我去引开它们。"浩克说。

莫西西似乎没有听见博士和爸爸的话,在地面转着圈,一会儿挠着脑袋,一会儿拍着脸颊。"这孩子到底怎么了,在这个危急时刻,还不忘记玩耍。"莫羽昇的心都快要急爆炸了。

"他肯定是想到了什么好办法。"浩克博士说。

果然,莫西西脸上露出了笑容,他站定身子说:"爸爸,我们去采一些箭竹来。"

"哎,到这个时候还想着吃呢!"浩克哀叹一声,完了,这一次,莫西西是没有救了。

"既然走不掉,我们就布一个箭竹阵,等待狼群到来。"莫西西对疑惑不解的爸爸和博士说。

"箭竹阵?"

"是的,箭竹阵。"莫西西说,"锋利的箭竹阵。"

浩克一听完,高兴地鼓起掌来。

莫羽昇满意地看了看儿子,转身跑向刚发现的那片小竹林。他的动作飞快，不到一会儿就采了一大捆，莫西西也不甘落后，抱着一捆箭竹回到了原地。只见莫西西用牙齿把箭竹的两头咬得尖尖的，一面插在地面上，一面斜斜地朝着天空。莫羽昇负责采伐箭竹，莫西西负责布阵，不到一顿饭的时间，一座迷宫一样的箭竹阵就布好了。

小威带着狼群找到了莫西西一行，他看了看这座奇怪的建筑，立刻就傻眼了。只见光溜溜的箭竹围成大大小小的圆圈，圆圈中央，两头大熊猫正悠闲地吃着竹叶。

"这是什么东西，也想难倒本大王吗？"小威吆喝两头狼跳进去。听到大王命令，两头公狼后腿一蹬，跳向圆圈中间。

"嗤——，哎呦——"

只听两声尖叫，那两头急于领功的狼一个被竹尖划破了肚皮，一个在下落时被箭竹插了个窟窿，痛得疾声呼叫，吓得其他狼都连退了几步。

"上呀，快上！"小威气坏了，大声呼喝群狼进攻。但大家一看到那两头狼的下场，都吓得四肢发软，哪敢贸然出头？

小威一个箭步冲到那头肚皮开了口子的狼面前，厉声道："你，再上！"那头狼面如土色，连连摇头，小威哪容得他商量，一把抓起来，丢向箭竹阵。众狼惊呼，认为他这下完蛋了。

却听见箭竹阵里，那头狼高兴地叫嚷道："我没事，哎呀，我没被扎伤！"

此刻，只听见"呼"的一声，跳跳和小豆子从天而降。众狼惊叫："这是什么玩意儿？"那头掉进箭竹阵的狼也是一怔，待看清楚是一只小山猴时，欣喜若狂，心想：乖乖，这回可以吃一盘独食了。他舔了舔舌头，朝着跳跳扑了过去。

说时迟，那时快。一道竹门"嘭"的一声挡在了跳跳面前。那头狼奔得太快，"噗嗤"一声插在一排竹尖上，还没来得及呼唤一声便丢了性命。

看着狼嘴里舌头上的鲜血滴滴答答掉下来，跳跳吓得一屁股坐在地上。

是莫西西救了跳跳一命。跳跳掉下来的时候，莫西西既惊喜又担心，生怕他被锋利的竹尖戳伤，见他安然落地，心中一喜。此刻，那头被扔进来的狼也发现了跳跳，猛扑过来。莫西西三步并作两步，把做机关的竹门推了过去，正好挡在狼和跳跳中间，救下了跳跳。这几下犹如电光石火，众狼还在欢呼，却见情势立刻反转，都惊得呆如木鸡，大气也不敢出。

小威也弄糊涂了，他眼睁睁地看着莫西西牵着跳跳的手，亲亲热热地走到箭竹圆圈中间，叙起旧来。

"这真是我见过的最厉害的武器。"跳跳连声惊叹。浩克飞身下来道："那是当然，不要说是狼，就是最凶猛的豹子、老虎在西西的箭竹阵下,都会无计可施……"

"一败涂地!"小豆子接口道。

听了这句话,众人哈哈大笑。

小威连败两阵,损兵折将,心中愤怒至极,心想:要是不能抓住这两头可恶的大熊猫,这一次的脸可就丢尽了。他围着箭竹阵转悠了几圈,却连一点办法也没有,只好让人把那个败军之将——阿狈找来商量对策。

夜色慢慢降临了。莫西西突然悄声说:"我们开始撤退吧!"

莫羽昇和跳跳都一愣,在箭竹阵中央有吃有喝,还特别安全,往哪里撤退啊?

"如果他们想出了攻破箭竹阵的办法,我们可就麻烦了。"莫西西说,趁着天色已晚,群狼不会贸然进攻,也不敢靠近箭竹阵,我们建一个通道,趁机溜走,给他们留一个空阵。

莫羽昇也觉得儿子说得有道理。几人说干就干,不到一个时辰,一条箭竹通道就建成了。

第二天,众狼从睡梦中醒来的时候,莫西西一行早已失去了踪影。

3. 盟友

太阳从云层里钻出来,照射在冰峰上,反射出七彩的光芒。

闻名遐迩的冰峰峡谷,是通往福坪竹海的必经之路。随着海拔的升高,气温越来越低,虽然阳光照射在身上,但仍然能感受到丝丝寒意。地面上,夜晚凝结的冰凌还没有融化,一些盛开的小花朵冰冻在其中,鲜艳而又美丽。

"只要过了这道峡谷,就到达目的地了。"浩克博士在空中张望,"呀,我都看到竹海了,多么壮阔的竹海啊!"

"太好了,终于要到了!"跳跳和小豆子拍手叫好。

看着冰峰上的七色彩虹,莫西西既高兴又有些伤感,说:"要是妈妈和我们在一起多好啊!"

莫羽昇拍了拍莫西西的肩膀说:"西西,我们很快就要和姐姐,还有族人们见面了。"

莫西西知道爸爸在安慰自己,他深深吸了一口气,暗暗说:"妈妈,你放心,我一定会到达目的地,和姐姐她们快乐地生活。"

跳跳对挂在山崖边的冰柱充满了兴趣,那些冰柱通体透明,简直就是自然生产的放大镜,对着它看远方,任何事物都显得特别的清晰。跳跳掰了一根冰柱,放在眼睛前面,四处观察。突然,他尖叫了一声,手中的冰柱被抛出了老远,摔成了几截。

"发生什么了?"莫西西急急忙忙地跑了过去,关切地问道。

"我……我看见……金雕!"

"金雕?"莫西西朝着四处望了望,哪有金雕的影子。这时,一直在空中张望的浩克博士也慌慌张张地飞落到莫西西的肩头上,"是的,就是金雕。"浩克说,"就在那儿。"

顺着浩克指引的方向,莫西西看见了一只灰黑色的金雕,它正躲在一根巨大的冰柱后面呢!

"我认识他,他就是攻击我和妈妈的那只金雕。"莫西西握紧了拳头。

"他……他还抓我呢!"跳跳说。自从被抓走一次,跳跳一见到金雕就害怕。

"他是埋伏在这里准备攻击我们的吗?"小豆子低声问道。

莫西西还没有回答小豆子的问话,那只金雕慢慢从冰柱后面走了出来。

"咳,咳,不要紧张,我的朋友们。"金雕说,"我没有想到要攻击你们。"

"那你想干什么?"跳跳大声说。

"嗯,我想大家还是互相认识一下吧!我叫牧云。"

莫羽昇认真观察了一会儿，悄声对莫西西说："我看他没有恶意，看看他有什么企图？"

莫西西点了点头，走上前去说道："我叫莫西西，这是我的父亲，我的几位朋友。"他指着莫羽昇和跳跳、浩克几人介绍道。

"唔，那个……叫跳跳的朋友，我已经熟悉了。"牧云瞅着跳跳说。跳跳吓得一下子躲到了莫羽昇的背后。

"我今天专门来找你们，是因为我的妈妈。"牧云说，"我想，我们都有共同的敌人。"

母亲的去世对牧云的打击很大，他追踪狼群伺机报仇，但他发现，狼群的实力非常强大。"远离比我们强大的人，团结能给我们好处的人"，这是妈妈时常教导他的话。在高处，他目睹了莫西西用自己的智慧战胜了狼群，由衷佩服，产生了结盟的想法：这些大熊猫的实力不可小觑，要是有他们帮忙，一定能够为妈妈报仇。

面对共同的强敌，没有哪一方会拒绝。尽管跳跳对金雕的行为耿耿于怀，但他对这个做法并不表示反对。

愤怒使人失去理智。

在一通怒骂后，小威想起母亲曾经的教导，他感到了一丝沮丧，也许自己的行为真的伤害了母亲——她再也不愿意见自己了。

"大王,在前面一公里处发现了大熊猫的踪迹。"前去探路的哨兵回来报告。

小威走到高处,咳嗽了两声,大声说:"此次出征首战失利,我知道你们对我有些看法,你们中间的有些人会想,我让你们追捕大熊猫是为了报仇雪耻。那我就告诉你们,不错,我就是要报仇——"

狼群开始骚动,并低声议论起来。

"但更重要的是,秋天即将来临……"小威环顾了一下群狼,沉声说道。

"秋天来了和报仇雪耻有什么关系?"

"有两根毛的关系。"

……

群狼中发出"嘻嘻哈哈"的声音。小威并不理睬,他继续说道:"秋天到来,大雪也在来临的路上,如果我们找不到足够的食物,在漫长的冬天,我相信你,还有你,都会在饥饿中等待死神的到来。"

这句话让群狼都是一凛,竖起耳朵倾听小威的讲话。阿狈也不由得暗暗佩服起小威来,心想:小威的心思哪里是刀疤能比的啊,哎,往年一入冬,大伙儿饥寒交迫,刀疤却只顾自己，不知道饿死了多少族人……

阿狈独自沉浸在遐想中，小威侃侃而谈："……这只抓瞎了我眼睛的大熊猫是从风车峡谷出来的，应该是在部落迁徙中落了单，如果我没有猜错的话，他很快就会找到他的族人，你们想一想，那是多么庞大的一堆食物啊！"

"可是，可是大王，大熊猫都不是好惹的。"

"是啊，它们的爪子和牙齿一点儿也不比我们的差。"

"我知道你们有这种顾虑。"小威脸上浮现出一丝狰狞的笑容来，"在那么庞大的一群大熊猫队伍中，会有多少弱小的熊孩子？它们的肉可是既鲜嫩又美味的啊！"

群狼顿时发出"吧嗒吧嗒"舔舌头的声音，有人高呼："大王，你带我们去狩猎吧！"

"大王真是英明极了，这一次我们要跟着大王好好干一场。"

……

群狼沸腾了，一些狼仰起头来，发出"呜嗡呜"的嚎叫声。小威转过身，左眼里闪动着邪恶的光芒。

4. 决战

不久，前去探路的牧云回来了，他告诉莫西西，熊猫部落的族人们已经顺利地通过了冰峰峡谷,正前往福坪竹海。莫西西松了一口气。

"还不能高兴得太早。"莫羽昇皱起了眉头说,"要是狼群通过了冰峰峡谷,情况可就不妙了。"

一听这话,莫西西倒吸了一口冷气:是啊,那么大一群族人,既有老人还有孩子,行动起来该有多么迟缓,要是被狼群追上,不知道会发生多少惨剧。

"不行,我们绝不能让狼群越过冰峰峡谷!"莫西西抬起头,斩钉截铁地说。

"我们就在这里阻止狼群。"莫羽昇用坚定的目光望着莫西西说,"我们要保护族人,一定不能让他们受到伤害。"

莫西西请浩克博士去侦察狼群的动向,让跳跳带着小豆子去追赶大熊猫部落,并告诉族长莫飞,时刻准备战斗;牧云、父亲和自己则留在峡谷阻截敌人。

一切安排妥当,众人静等敌人的到来。

不久,随着一声长号,狼群如潮水般卷了上来。

看到黑压压一片,众人都暗吃一惊:看来这一次狼群基本上是倾巢而出了。众狼虎视眈眈,目不转睛地注视着站在峡谷小径上的莫羽昇父子,却并不急于进攻,似乎在等待着什么。

"大角色要出现了。"莫羽昇低声说道。

"应该是狼王吧！"

莫西西话音未落，只见狼群中间闪出一条道来，狼王小威迈着沉稳的步子走上前来，紧随其后的是阿狈，阿狈的后面是一只矮胖的竹鼠。

看到狼王小威，莫西西简直不敢相信自己的眼睛，这不就是偷袭自己和母亲的那头狼吗？

小威并不说话，只是瞟了一眼莫羽昇，便恶狠狠地注视着莫西西。

"呔，对面的大熊猫，你们听着……"老铁摇摆着肥胖的短身躯，走到前面大声说，"我是来替狼……啊，是尊敬的狼王，来替他传话的，我们的狼王说了，只要你们让出一条道路就饶你们不死。"

盘旋在空中的浩克"噗嗤"一声笑了："这个家伙什么时候也变成狼了？"

老铁说完，转过身子谄媚地对着小威说："大王，你的话我已经传了……"

"他们好像没有遵从大王的话呀！"阿狈舔了舔嘴唇说。

"不是，是……"老铁擦了擦额头上的汗水，说，"他们，他们恐怕是，是听见了大王的吩咐。"

"也许是你的声音太小了。"小威淡淡地说,"你走到他们跟前去,把我的意思告诉他们。"

"啊……这个,我,我的心脏病……"老铁脸色一下子变得苍白,摇晃了几下,扑通一声栽倒在地上。阿狈走上前,狠狠踢了他一脚,说:"别装死了,你的儿子还在我们手上呢!"

听了这句话,老铁一骨碌爬起来,浑身颤抖着向莫西西他们走去。

"别让他过来。"莫西西皱了皱眉头。浩克一个俯冲,老铁吓得立即趴在地上,瑟瑟发抖。

"真是一个胆小鬼。"阿狈低声说道,"待会儿让他一块儿去我的肚子里见他儿子。"

小威知道莫西西不会让步,他呼啸一声,七八头狼疾冲向莫西西和莫羽昇。

"就凭两头笨熊也想抵挡住咱们这么多人的进攻?哼哼,简直就是痴人说梦啊!"阿狈得意洋洋地说。

他话才一说完,只听得"扑通扑通"几声响,几条狼猛地从地面上消失了!

"有陷阱!"狼群里发出一阵惊呼。

那几头狼正是掉进了莫西西挖的陷阱里。如何更好地阻止狼群的攻击,莫西西想到了小时候,因为掉进了陷阱,他差一点儿就见不到亲人了；在竹林里，他追捕竹鼠，结果竹鼠利用地洞逃之夭夭。

在父亲的帮助下，莫西西挖了一个地洞，铺上箭竹遮盖起来，牧云用翅膀扇下了一堆雪花洒在上面，远远一看，没有一点儿破绽。果然，狼群的第一波攻击就全军覆没。

小威眼睛里快要喷出火来，他咬了咬牙，命令第二批狼战士进攻。在嚎叫声中，又有七八头狼冲了过来。

陷阱已被破坏，狼战士不再顾忌，快到陷阱时，都飞身腾跃，就在落地的一瞬间，突然头顶一大团雪球砸落下来，立刻视线模糊。

众狼纷纷惊呼："哎呀，不好，天上下雪球了！"

那些狼战士被砸了一个措手不及，还没有来得及抹开眼睛上的雪花，头顶似乎就被重石砸了一下，顿时趴在了地上。

原来，那团雪球是牧云弄下来的，狼战士还没有反应过来，莫羽昇和莫西西已运掌如风，在它们的脑门上狠狠地敲了一下。

众狼看得眼花缭乱，目瞪口呆。小威也被眼前的情形吓了一跳，这也太快了吧，才短短几分钟就损失了十多个勇士，这仗还怎么打呀？

"大王，我看还是退兵吧！"阿狈小心翼翼地劝说道，"再这么下去，咱们的损失可就大了。"

"是啊，大王，咱们不吃熊猫肉了，还是撤退吧！"

……

众狼也纷纷打起了退堂鼓。小威怒火中烧，一把抓住阿狈的脖颈，厉声说："可恶的东西，竟敢扰乱军心？啊，我知道了，原来这都是你的主意，你这个叛徒，为大熊猫出谋划策谋害我们的勇士！"

阿狈脑子发懵：这都是哪儿跟哪儿啊，不是明摆着栽赃嫁祸吗？他急着想要分辩，但脖子被小威卡住，一句话也吐不出来。

"兄弟们，就是这个可恨的叛徒，给敌人出主意，害死了我们的族人！"小威举起阿狈，向众狼说道。

众狼听罢，纷纷鼓噪起来："啊，原来是这个叛徒干的坏事啊，杀了他，杀了他……"

小威看了看阿狈，低声道："阿狈，为了我们的大业，就只好委屈你了。"阿狈还要挣扎，小威手一挥，阿狈惨叫着坠下了悬崖。

见处死了叛徒，众狼又激动起来。见时机已成熟，小威大呼一声，群狼蜂拥而上。莫羽昇挥动巨掌，奋力阻拦，不到一会儿，地上便躺倒了数具狼尸。莫西西前后受压，一时间左右难支。小威瞅准时机，怒吼一声，从侧面扑向莫西西。

眼看莫西西就要被小威扑倒在地，牧云从冰柱后疾飞而出，翅膀卷起"烈烈"风声，惊得小威慌忙匍匐在地。牧云这一扑力量惊人，两头狼被翅膀扫下了深渊。一头狼刹不住脚，被牧云一把抓起来，抛下了悬崖。小威暗自惊心：金雕什么时候和大熊猫联手了？但他不敢多想，在地上打了几个滚，躲过了金雕和莫西西的进击。

面对恶狼，浩克无法迎战，只好在空中盘旋，突然，一个矮胖的身影映入眼帘，正是竹鼠老铁趁着昏乱，悄悄向着谷口爬去。浩克一声鸣唳，俯冲而下，老铁急忙闪躲，却未留神脚下冰凌，一个趔趄，栽下了悬崖。

"可惜了，这个一身肥肉的家伙。"浩克盘旋了两圈，没有发现老铁的身影，估计他已经一命呜呼。

群狼杀红了眼，潮水般涌了过来，莫羽昇和莫西西且战且退，牧云也不敢在地面久留，振翅飞上空中，瞅着时机，飞扑而下捕杀狼只。就在万分紧急的时刻，跳跳和莫飞带着大熊猫勇士赶到了谷口，他们纷纷加入战团，情势立刻发生了变化。群狼哪里是这些大熊猫勇士的对手，不多时，便被打得哭爹叫娘，抱头鼠窜。

见败局已定，小威长叹一声，但他仍不甘心，瞅准站在悬崖边上的莫西西猛地扑了过去。

众人惊呼,却也解救不及,眼睁睁地看着莫西西和狼王从悬崖上摔了下去。

5. 莫西西的王冠

小威这一击来得过于突然,莫西西连一点儿防备都没有,在族人的惊呼声中,和狼王小威直直地掉下了山崖。

见莫西西掉下山崖,跳跳急得吱吱乱叫,他扑到悬崖边上,只见云雾深锁,雪花飘舞,却哪里看得见莫西西的身影?他大声呼唤好朋友的名字,但声音很快消失在昏暗的山谷里。

莫羽昇强压着内心的悲痛,他走上前,拉住跳跳。"西西,他,他……"跳跳难过得说不出话来,泪水顺着脸颊流了下来。

"我苦命的孩子。"莫羽昇凝望着深不可测的深渊,眼里充满了泪水。

此刻,大熊猫和狼群早已分开,先前的腥风血雨似乎随着这一突变而黯然消逝。"停战吧,我们都失去了最勇敢的战士。"莫飞踏步上前,朗声说道,他的话语里饱含伤痛。

群狼都低下了头颅,一头公狼走到悬崖边,望着望崖下,抬起头来,发出一声悲凉的长号。

看着狼群离开,莫飞挥手让族人离去,他走到莫羽昇身旁,拍了拍莫羽昇的肩膀，低声说："我们也走吧！"

"不能走！"跳跳大声说，"西西一定还活着，我们下去救他。"

"孩子，他已经走了，永远地离开了我们。"莫达说，想起自己以前对莫西西的态度，既后悔又难过。"西西是一个多好的孩子啊！"他说。

"没有，没有，西西才不会离开我们呢……"跳跳哭着说，"以前，他遇见那么多危险都没事呢，现在也不会的……"

"他离开了。"莫羽昇难过地说，他为儿子有这么一个好朋友感激不已，"跳跳，你跟着我们去吧，那儿是我们的家，也是你的家。"

"叔叔，您先走吧，我要去寻找西西。"跳跳抹了一把泪水，坚定地说。

"我带你去吧。"牧云从空中飞身落下说。

看着莫西西和小威掉下悬崖，牧云突然感到一阵空虚，他一直想为母亲报仇，把一腔的怨气都倾泻在狼王身上，虽然不能杀掉所有的狼，但消灭了狼王，自己的心愿也就完成了。战斗中，他倾尽全力，干掉了数头凶猛的狼，但却连狼王的身也近不了。狼王并非浪得虚名，它凶悍而又心机深沉，身边有数头狼保护，要报仇多么艰难，是莫西西——这个盟友用智慧挫败了狼王的阴谋,让它无法前进一步。牧云突然感到,虽然和莫西西在一起的时间很少,却对这个勇敢智慧的盟友钦佩不已。眼看莫西西被袭,掉落悬崖,牧云的心中猛然生出一丝伤感来。

"他明知道我的私心,却愿意舍出性命与我并肩作战,这是多么好的朋友啊!"牧云责备自己,"现在他掉下悬崖,我却无动于衷,真是惭愧。如果不找到他——哪怕是他的尸体,我就连一只猴子都不如了。"

跳跳一见牧云,不由得退了几步。

"我不会伤害你。"牧云说,"你是莫西西的好朋友,我也是。"

"那……那个,你不会再把我抓去吃了吧?"

牧云哼了一声,说:"如果你不怕死就跟着我去吧,咱们一起去找他。"

跳跳不再说话,翻身爬上牧云的背,说:"我才不怕呢!"小豆子急得尖声大叫:"天呐,这是作死的节奏,啊——"

话未说完,牧云翅膀一展,飞下深谷。莫羽昇一见,大叫小心,却只看见金雕的身影隐入茫茫的云雾之中。浩克呼喊道:"朋友,等等我。"在空中一个翻身,箭一般追赶而去。

"西西的朋友们多么热心啊!"莫飞感叹道。

"我觉得他们说得有道理,西西一定没事的,我要去寻找他。"莫羽昇说。

"那可不行。"莫飞一把拉住莫羽昇说,"你可是没有翅膀的。我们还是找到下山的道路,再去寻找他吧。"

"万能的自然之神会保佑他的。"莫达说。

五天后,搜寻莫西西的队伍进入了冰峰峡谷的深处。踩着厚厚的积雪,莫达气喘吁吁地走到莫羽昇的身边说:"老莫,我们找了几天了,连一点儿踪迹也没有发现,看来西西是真的死了……也许被雪盖住了……"

"你这个乌鸦嘴。"莫飞生气地说道,"万一他没事儿呢?"

"真话也不能说。"莫达耸了耸肩,一脸委屈地说。

莫羽昇叹了一口气,他看了看漫天的雪花和地面上深深的积雪,悠悠地说:"也许,他真的离开我们了。"

几天下来,族人又累又饿,个个都努力坚持,莫羽昇看在眼里痛在心上——为了自己的孩子,族人们都无怨无悔,可是希望却越来越渺茫。如果再继续寻找,恐怕会有性命之虞,那就是得不偿失的事情了。

"族长,我们还是回去吧!"莫羽昇对莫飞说,"大伙儿都尽力了。"

莫飞不愿意看见莫羽昇难过的表情,他看了看疲惫的族人，艰难地点了点头。

就在这时，莫达突然拉住莫羽昇的胳膊，激动地叫了起来："哎，哎，快看，那是谁？……"

莫羽昇抬起头四处张望，他看见金雕掠过空中，啊，原来他们仍然还在寻找着自己的孩子呢！"感谢他们了。"莫羽昇摇着头说。

"感谢什么呀？"莫达大声说，"我让你看这个方向！"他指着一道小山丘说，"那不是莫西西他们么？"

啊，是的，真是莫西西。莫羽昇揉了揉眼睛，他高呼了一声："西西，我的儿子……"跌跌撞撞地跑向山丘。

积雪太厚了，莫羽昇连摔了几下，但他顾不得疼痛，爬起身来，继续向着儿子走去——他要把最热烈的拥抱给自己的儿子。

看见了父亲和族人，莫西西热泪盈眶，一步一步地走了下来。

快要接近莫西西的时候，莫羽昇猛地站住了，他看见，在莫西西的身后，除了小山猴跳跳，还跟着一头狼——那头和莫西西一起掉下深谷的狼！

从悬崖上掉下来的一瞬间，莫西西感到脑子里一片空白，他想：这下我要完了。他想呼喊妈妈和爸爸，却发不出一丝声音来。

"西西——"父亲声嘶力竭的呼喊很快消失在头顶。风从四面八方涌过来,包围住了莫西西,他睁大双眼,除了白茫茫一片,什么都看不见了。"嘭!嘭!"随着两声闷响,莫西西和小威齐齐掉在了突兀的岩石上,厚厚的积雪飞溅起来,抵消了来自高处的重量,但两人的落势不衰,只一刹那,又向着深处落去。

地面上,深深的积雪拯救了他和小威。

在两声沉闷的声响中,莫西西和小威在地面上砸出一个深坑,雪花四处飞溅。这一下摔得可不轻,莫西西觉得四肢正在从身体上分裂开来,他动了动,一口腥甜的液体从喉头里冲了出来,白雪顿时被染成殷红一片。他不敢再动弹,静静地伏在雪地上,等待身体恢复。

看着半死不活的莫西西,小威狞笑了一声,他摇摇晃晃地站起身来,朝着莫西西挪去,突然,一股剧烈的疼痛从后腿传了过来,身子斜斜地倒了下去。

"糟糕,后腿摔断了。"小威暗叫不好。他看了看躺着的莫西西动了动,心里蓦地生出一丝恐惧,原来大熊猫没有死,那自己的处境可就危险了。

一个时辰,两个时辰……雪地里只听见粗重的喘息声。

莫西西慢悠悠地睁开了双眼，他艰难地爬起身来，那头把自己推下悬崖的狼身上已经盖起了一层雪花。

"他死了吗？"莫西西想，他移动着身子爬了过去。小威被窸窸窣窣的声音惊醒了，他看着莫西西正爬向自己，身子不由自主地发颤。望着莫西西，他的眼睛里流溢出惊惶和恐惧。

"虽然，我很恨你，可……可是，我不会伤害你。"莫西西看着小威说，"我记得爷爷说过，大熊猫部落和狼族有一个誓约，那就是互不侵犯。不知道为了什么，你们总是追赶我们。我阻止你，是为了保护我们的族人。现在他们一定到了竹海，我的任务完成了。你走吧……"

听着莫西西的话，小威心中像打翻了五味瓶。是啊，妈妈以前也说过狼族和大熊猫部落之间的誓约，可是自己却什么也不记得了。不知道从什么时候开始，权欲和仇恨占据了自己的心，让自己越走越远，甚至杀死了自己的亲哥哥，气走了可敬的妈妈，还有……小威都不敢想了，他轻声喊着"妈妈""哥哥"，流下了悔恨的泪水。

莫西西没有单独离开，小威受伤了，已经失去了威胁，而自己也需要得到休息——这一跤跌得可真不轻。

凭借着敏锐的眼睛，牧云很快找到了莫西西，在雪地里，莫西西棕色的毛发格外醒目。与此同时，他也发现了受了重伤的小威。"真是太好了，不费吹灰之力就可以杀死狼王，为母亲和莫西西报仇雪恨了。"牧云暗暗想道。

等跳跳一跳下背来，牧云就冲向小威，小威闭目待死。

"不能杀死他！"就在这时，莫西西挡在了牧云的面前。

"你疯啦？"牧云大叫道，"他可是狼王啊，他还想干掉你，吃掉你的族人呢，你还要保护他？"

"正因为他是狼王，我更不能让你伤害他。"莫西西斩钉截铁地说。

牧云都快被他气昏了："你真是个不可理喻的人，气死我了，气死我了！"

跳跳也说："西西，他可是狼王，是大坏蛋，绝不能同情他，让牧云吃掉他吧！"

"大熊猫和狼族有约定，互不侵犯。"莫西西说。

"但是他几次想杀死你啊！"

"我不是活得好好的吗？"莫西西笑了笑说，"我想，就让我们共同遵守这一个古老的誓约吧！"

小威咬着牙摇摇晃晃地站起身来，一脸真诚地说："尊敬的大熊猫先生，感谢您这么说，我发誓，一定遵守这条誓约，永不侵犯。"

"鬼才相信呢？"跳跳撇了撇嘴。

"如果违反了这一誓约,让我不得好死。"小威发誓说,"就让,就让我葬身在金雕的利爪之下。"

牧云看了看莫西西,知道自己没法复仇了,他吐了口唾沫说:"我才不管你们的誓约呢,只要让我知道你干了坏事,一定饶不了你!"

小威感激地看了看莫西西,慢慢地垂下了脑袋。

"啊哈,我真是小看了你。"浩克博士对莫西西说,"从你的身上,我又发现了一种可贵的品质。"

"什么品质能让你瞧得起的?"小豆子好奇地问。

"宽容,最了不起的宽容!"

剩下几天里,牧云、浩克和跳跳成了莫西西和小威这一对"冤家"的"仆人"——到处寻觅食物给他们吃。

"真是搞不懂,先前还恨得要命,现在却相安无事了。"跳跳说。

"莫西西就是一个疯子!"牧云恨恨地说。

"这就是宽容的力量。"浩克对小豆子说。小豆子笑着说:"我要把宽容的力量用笔画下来。"

两个月后,狼王小威和莫西西在冰峰峡谷上再次会面了。没有厮杀,也没有仇恨。在双方族人和朋友的见证下,两个部族达成了永不侵犯的誓约。

"莫西西长大了。"莫飞用赞许的目光望着莫西西说,"他是我们部族当之无愧的勇士,更是智者。"

"族长,你这样说,他会骄傲的。"莫羽昇一脸笑容。

"坚强与勇敢是成长的基石,宽容与慈爱是成人的标志。"莫飞说,"老族长的这句话在莫西西的身上得到了很好的印证。"

"应该是当之无愧的王者,王者!"莫达竖着大拇指,连声说。

"是的,他得到了他的王冠。"莫飞说。

莫西西和小威击掌盟誓,双方族人高声欢呼,声音传出很远很远……

"我也要信守誓约。"牧云对小威说。

"什么誓约?"小威一怔。

"如果你干了坏事,我一定会吃掉你!"牧云大声说。

说完,牧云展开翅膀飞上了云霄。蓝蓝的天幕下,竹海绵延铺展。"莫西西,我的好朋友!"牧云大声说,"你的新家园真是太漂亮了!"